AF355514

Fritz Mauthner

Vom armen Franischko - Kleine Abenteuer eines Kesselflickers

e-artnow 2018

Else Ury
NesthäkchenBand 1 bis 10

Charlotte Brontë, Emily Brontë
Jane Eyre & Sturmhöhe

Selma Lagerlöf
Weihnachten mit Selma Lagerlöf: Peter Nord und Frau Fastenzeit, Die Heilige Nacht, Ein Weihnachtsgast, Gottesfriede, Jans Heimweh und mehr

Charlotte Brontë
Jane Eyre

Emily Brontë
Sturmhöhe

Fritz Mauthner

Vom armen Franischko - Kleine Abenteuer eines Kesselflickers

e-artnow, 2018
Kontakt: info@e-artnow.org
ISBN 978-80-273-1785-1

Inhaltsverzeichnis

Wie der Franischko die Historie studierte

Der erste Herbststurm jagte die Blätter der Buchenwälder über einen der Berge der Karpathen, von dessen westlichem Abhang die letzten Hütten eines armseligen Slowakendorfes niederblickten.

Vor einer kleinen, wie in die Erde versunkenen, strohbedeckten Lehmbude stand der alte Franio und streichelte den Kopf seines Buben, während er ihm mit dem Finger der anderen Hand den Lauf des glitzernden Flusses deutete.

»Und schon morgen werden wir auf die Reise gehen, Tatko (Vater)?« fragte der Knabe, indem er die stillen träumerischen Augen freudestrahlend zum Vater aufschlug.

»Ja, Franischko. Aber du mußt fleißig laufen und nicht müde werden; dafür werde ich dir alle Städte der Welt zeigen, wo die Leute in seidenen Kleidern schlafen gehen und in ihren Betten spazieren fahren.«

Der Knabe suchte mit seinen Blicken die Ferne zu durchdringen, ob sich ihm nirgends eines der Wunder offenbarte, aber er sah nichts als einen breiten grauen Strich, in welchem der abendliche Himmel und die Erde ineinander übergingen.

Jetzt nahte ein langsamer Schritt. Die Mutter kam von der Feldarbeit nach Hause. Noch einige hundert Fuß über der Hütte, hinter dem Wäldchen, besaß Franio einen Kartoffelacker, dessen Bestellung der Hausfrau oblag. Sie kam jetzt von schwerer Tagesarbeit nach Hause, den frühgealterten Körper gebeugt unter einem Sack voll Kartoffeln. Als Franischko die Mamka (Mutter) erblickte, eilte er jubelnd auf sie zu und teilte ihr mit geflügelten Rufen mit, daß der Tatko morgen wieder auf die Wanderschaft gehe und ihn, den Franischko, endlich mitnehmen wolle.

Tränen stürzten über das verkümmerte Gesicht der Frau, aber ohne sich aufzuhalten, ohne den Knaben anzusehen, wankte sie weiter; ohne den Gatten zu begrüßen, schritt sie, noch tiefer als bisher sich bückend, in ihre Wohnung. Hier lud sie den schweren Sack ab und ging ungesäumt daran, die Kartoffeln zum Abendmahl zu kochen. Wohl währte es diesmal etwas länger als gewöhnlich – das feuchte Holz hatte wohl lange nicht Feuer fangen wollen –, endlich aber konnte sie die beiden hineinrufen.

Trotz ihrem Kummer hatte die Mutter außer Kartoffeln und Salz auch ein mächtiges Stück Speck auf den rohen Tisch bereitgelegt, und der alte Franio griff auch schnell danach, als ob er großen Hunger hätte. Aber es mußte ihn plötzlich ein heftiger Zahnschmerz ergriffen haben, denn er legte den Speck wieder hin, stemmte das Gesicht tief aufseufzend in die Hände und verließ nach einer Weile die Stube, ohne einen Bissen gegessen zu haben. Die Mamka folgte bald. Der kleine Franischko, der beim reichbesetzten Tisch allein zurückblieb, sah in den ungemessenen Genüssen der heutigen Abendmahlzeit einen köstlichen Vorgeschmack all der guten Dinge, die ihn von morgen ab in der großen Welt erwarteten.

Draußen standen die Gatten schon eine ganze Weile wortlos nebeneinander.

»Muß es sein?« fragte endlich die Frau.

»Frage dich selbst«, antwortete Franio, der unaufhörlich in die Ferne hinausstierte. »Der Bub ist zwölf Jahre alt. Seine Brüder waren alle nicht älter, als sie anfingen zu verdienen. Ich war seinerzeit auch nicht älter und bin doch noch lebendig.«

»Aber nach Weihnachten ließe sich ja mit Holzfällen etwas gewinnen. Da solltest du doch zu Hause sein. Ich könnte zwar auch das Beil führen. Aber sie haben mich ausgelacht im vorigen Winter, wie ich um Arbeit im Walde bat. Man nimmt nur euch Männer.«

»Ich bin zu Neujahr zu Hause. Franischko ist klug und folgsam. Bis dahin habe ich ihn längst abgerichtet.«

»Aber Franischko ist gar so klein!«

»Unser Acker ist auch klein«, rief rauh der Gatte. »Die Erdäpfel sind dieses Jahr schlecht geraten. Im Frühling und im Sommer gibt's für uns alle etwas zu tun. Aber der Winter duldet kein unnützes Maul im Trenschiner Komitat.«

»Franischko wird satt werden, ich weiß zu hungern«, sagte die Mamka, indem sie bittend die Hand des Mannes erfaßte.

»Und wer soll Haus und Feld bestellen, wenn du verhungert bist, Bora«, antwortete Franio wild. »Schweig, es muß sein. Mir ist das Herz schwer genug, und wenn du mir's noch schwerer machst, so werd' ich bös. Du weißt!« Eine Pause folgte, während welcher die Frau leise vor sich hin weinte und der Mann gewaltsam das Gefühl bekämpfte, das ihn schütteln wollte. Dann faßte die Frau sich noch einmal ein Herz und sagte: »Ich werde den Franischko doch noch einmal zur Baba (Großmutter) bringen dürfen, sie hat ihn so lieb. Vielleicht schenkt sie ihm etwas.«

Franio antwortete nicht, doch die Frau war gewöhnt, das Schweigen als Zustimmung zu betrachten. Franischko durfte noch einmal die bunte Pelzmütze, den Schirak, aufsetzen und den breiten formlosen, schmutziggelben Tuchmantel, die Halena, umwerfen. Dann eilte die Mutter mit dem Knaben fort. Sie kam verstört bis zu der allerletzten Hütte am Saume des Waldes, wo ihre Großmutter, eine Greisin von mehr als hundert Jahren, seit unvordenklichen Zeiten wohnte.

Lange Zeit hörte die Baba kopfschüttelnd und kopfnickend zu, wie ihre Enkelin über ihr hartes Los jammerte und wie der kleine Urenkel von den Herrlichkeiten der Welt phantasierte. Als endlich beide müde geworden waren und erwartungsvoll in die klugen Augen der Alten schauten, da begann die Baba endlich zu reden.

»Als ich geboren wurde, reichte der Wald bis ins Tal hinunter, und mein Vater wohnte auf eigenem Grunde über dem Herrenwald. Heute besitze ich kaum noch soviel Acker, um mich auf eigenem Lande sterben legen zu können. Aber euer Dorf zieht sich jetzt ins Tal hinunter, und über mir wächst der junge Herrenwald empor. Ja, ja, Kinder, wenn man so eine Weile zuschaut, erfährt man es: bergauf, bergab, alles tanzt im Kreise herum.

Ja, alles tanzt im Kreise herum. Das Wasser von Wolke und Fluß ist bald da, bald dort, die reichen Ernten sind bald beim Nachbar, bald bei uns, und die Herrschaft der Welt gehört heute uns und morgen unseren Herrn. Sogar die Schwarzröcke kommen und gehen.

Was ich dir jetzt berichte, Franischko, das habe ich freilich nicht selbst gesehen, aber ehrliche Leute haben es mir erzählt. Weißt du, in welchem Lande wir leben? Weißt du, von welchem Volke du bist? Weißt du, wie unser Kaiser heißt?«

Der Knabe schüttelte zu all diesen Fragen verwundert den Kopf. Die Baba schaute mißbilligend auf des Kindes Mutter. »Das ist nicht recht, Bora«, sagte sie. »Du brauchst den Knaben nicht in die Schule gehen zu lassen, aber von seinen Vorfahren solltest du ihm einmal erzählen und von den Schicksalen unseres Reichs. Auch deine Kinder sollen nie vergessen, daß unsere Familie mit den alten Königen verwandt ist.«

Bora küßte demütig den Ärmel der Großmutter. »Die Erdäpfel sind so schlecht geraten«, sagte sie wimmernd, »da vergißt man mancherlei.«

»Die Sommer sind gut und schlecht, Bora, das tanzt alles im Kreise herum. Aber unsere Familie – ach, Jammer und Elend! Unsere Familie besteht aus Bettlern und einem alten Weibe!

Aber du, Franischko, mein Seelenbübchen, du sollst nicht ganz vergessen die einstige Größe deiner Vorfahren. Du mußt nämlich wissen, Franischko, daß vor vielen, vielen hundert Jahren die Könige dieser Berge die Herren der Welt waren. Drüben in Trenschin saß unser König auf einem goldenen Thron, und von allen Gegenden kamen die Fürsten und drückten vor ihm die Stirn in den Staub. Und der König hatte alle Eisendrähte des Landes angekauft und lange Glockenzüge hergestellt von den fernsten Türmen der Erde bis in seinen Thronsaal. Und wenn irgendwo im Norden oder im Süden Empörung ausbrach, so zog der Türmer an der Glocke und der große König ritt fort mit seinen kleinen Pferden und kam nicht wieder, bevor nicht die Köpfe der Schuldigen über die Erde kollerten. Aber unsere Könige glaubten, daß es etwas Unveränderliches gäbe unter dem Monde, und so sündigten sie lustig drauf los, bis es endlich zuviel wurde. Und es schien, als ob die Gnade des Himmels ihrem Treiben zulächelte. Es war aber nur ein trügerisches Geschenk der Hölle, als eines Tages hier und dort, in Teplice, in Pöschtian und in Warlawa heiße Quellen aus dem Boden brachen, so gut und heilkräftig, daß alle Kranken Genesung finden konnten. Es war aber nur ein Netz, welches der schwarze Gott den Mächtigen des Landes gestellt hatte. Und sie ließen sich umgarnen! Der König hatte in fremden Ländern fremde Ritter und fremde Frauen lieben gelernt, er verachtete selbst das arme Slowakenvolk, das ihn so hoch gehoben hatte. Und es kam ein Gesetz, daß in der heißen Quelle zuerst nur der König und dessen Verwandte baden sollten, dann durfte die hohe Geistlichkeit die Gebreste zurücklassen, die sie sich durch ihr gutes Leben geholt hatte. Dann kamen die fremden Ritter, die Ungarn und die Deutschen, an die Reihe, dann die vielen Tausend Kaufleute und Handwerker, die aus allen Städten herbeifuhren, um sich für ihr gutes Geld Gesundheit zu kaufen. Und jetzt erst, zuallerletzt, wurde auch das arme Slowakenvolk zugelassen, ein jeder, den die Krankheit bedrückte. Als der Slowake endlich herankam, war aber das Wasser arm geworden und hatte seine Heilkraft an den vielen Fremden eingebüßt.

Da kam die Strafe des Himmels über unsere Könige. Hungersnot brach herein, daß die Leute ihre Suppen aus Baumrinde kochten und hinstarben wie die Schmetterlinge im Herbst. Und als der König selbst am Ende war mit seinen Schätzen und den letzten Hafer seines Marstalls aufgegessen hatte, da ging er hin und verkaufte sein Volk und verkaufte all seine Kronen an den großen römischen Kaiser und durfte dafür bis an sein Lebensende Fogosch essen und Schomlauer trinken, soviel er wollte. Aber die Hungersnot blieb bei uns im Lande. Unsere Wälder und unsere Felder gehörten nicht mehr uns, und wo der Weizen reifte, wo die Traube blühte, wo der Hirsch wechselte, da waren die fremden Herren bereit, die Hände danach auszustrecken, und der Slowake kam immer zu spät, immer zu spät.

Und dennoch, alles tanzt im Kreise herum. Wie ich noch ein junges Mädchen war, da hörte ich's erzählen, es ist die reine Wahrheit. Es kam das Reich auf den guten Kaiser Josef. Der ging zeitlebens in einer alten Halena umher und verschenkte seine goldenen Kleider an die Armen. Und er fand den Draht, der von seinem Turm bis nach Trenschin führte, und er fragte nach seiner Bedeutung, aber niemand wollte ihm Antwort geben. Da legte er selbst sein Ohr an den Draht und lauschte, und da hörte er alle Klagen Trenschins und hörte die Rufe des hungernden Slowakenvolks. Da geriet er in großen Zorn und ließ allen die Köpfe abschlagen, die ihm keine Antwort hatten geben wollen.

Dann aber ließ er sich nicht länger halten und befahl seinem Kutscher, sechs schnelle Pferde an den Wagen zu spannen und ihn so rasch wie möglich nach Trenschin zu bringen. Und hundert große Leiterwagen sollten in scharfem Trabe folgen, ein jeder beladen mit hundert Säcken Weizenmehl. Und viele Herden von Schafen, Schweinen und Ziegen sollten nachgetrieben werden. Wo er erschien, sollte die Hungersnot ein Ende haben, wie die Nacht beim Aufgang der Sonne.

Aber unseres Volkes Blutsauger waren auch nicht müßig. Sie hielten den guten Kaiser Josef auf mit Bittschriften und Klagen, bis es Abend wurde. Und als der Kaiser am nächsten Morgen aufbrechen wollte, da waren die beiden besten Rappen seines Wagens vergiftet. Der gute Kaiser Josef ließ sich davon nicht aufhalten. Er fuhr mit vier Pferden davon und schaute sich oft um, ob das Mehl und die Tiere nicht zurückblieben. Aber schon nach einer Stunde stürzte ein Pferd mit durchschnittener Sehne nieder. Der Kaiser fluchte und befahl weiterzufahren. Gegen Mittag stürzte das zweite Pferd, wenige Stunden später das dritte, als die Sonne unterging, das letzte. Niemand konnte sagen, wer der Missetäter gewesen.

Da weinte der Kaiser vor Schmerz, daß er die Slowaken so lange warten lassen mußte, und rief: ›Ich kann nicht stehen und rasten. Ich will zu Fuß laufen, bis ich den Slowaken Brot gebracht habe. Wer mich lieb hat, der tue wie ich.‹

Und der gute Kaiser nahm zwei große Säcke auf seine Schultern und lief des Weges weiter. Niemand folgte ihm. Als er aber zur Brücke kam, da war sie von unbekannter Hand in der Mitte entzweigesägt, und drüben standen die Blutsauger und lachten. Der Kaiser aber kam mit schnellen Schritten bis in die Mitte des Steges, dann brach alles zusammen und der Kaiser verschwand in den Wellen. Aber ertrunken ist er nicht und gestorben nicht bis heute.

Seitdem müssen alle Slowakenknaben weit, weit in der Welt herumziehen und den guten Kaiser Josef suchen. Wo einer von euch ein weißes Weizenbrot geschenkt bekommt, da ist eine Spur vom guten Kaiser gefunden, und wo einer von euch einen freundlichen Gruß bekommt, da ist der Kaiser Josef nicht mehr weit. Und wer ihn endlich selber sieht, der soll ihn herbringen nach Trenschin, auf daß die Hungersnot eine Ende nehme und des Slowakenreiches Herrschaft wieder währe, so weit die Sonne scheint. Kommen wird's, kommen wird's, denn die ganze Welt tanzt im Kreise herum.« –

Der Morgen graute noch kaum, als Franischko geweckt wurde. Er hatte so süß von Weizenbrot und seidenen Kleidern geträumt und von dem Haus des Kaisers, wo in allen Ecken Mausefallen aus Golddraht blinkten. Jetzt stand der Vater vor ihm und befahl ihm, sich fertig zu machen.

Eine große Ladung der Blech-und Drahtwaren, mit denen Franischko von nun an hausieren gehen sollte, lag vor der Tür. Der Vater lud den größten Teil auf seine eigenen Schultern, doch hatte der Knabe immer noch schwer genug zu tragen. Weinend trat die Mamka hinzu, prüfte aufjammernd das Gewicht der kleineren Last und schob heimlich einen weichen Tuchlappen zwischen den Tragriemen und die Schulter. Dann ging sie in die Hütte zurück, um sich dort in den Armen der Baba auszuschluchzen.

Ohne Abschied schritten die beiden Slowaken den Berg hinab und waren bald im Frühnebel verschwunden.

Wie der Franischko das Stehlen lernte

Ein zerlumpter Slowakenbube saß am Wegrand, kaum hundert Schritte vom letzten Häuschen des wohlhabenden Dorfes entfernt. Als er den Herrn Pfarrer vom nahen Walde daherkommen sah, trocknete er versuchsweise mit dem Handrücken sein Gesicht und hörte auf zu schluchzen; aber der fliegende Atem seiner Brust, die roten Augen und der verstörte Ausdruck bewiesen, daß er lange und bitterlich geweint haben mußte.

»Wie heißest du, mein Sohn?« fragte der Pfarrer und streckte dem ängstlichen Knaben die Hand zum Gruße entgegen.

»Franischko, Eure Gnaden!«

»Wie heißest du ferner?« fragte der Pfarrer wieder.

»Ich weiß ich nix.«

»Wo sind deine Eltern?«

»Mamka ist zu Hause, weit, viel weit, daß mir Füße sehr weh tun, und Tatko...« Der Knabe konnte vor Schluchzen nicht weiter sprechen.

»Ist dein Vater gestorben?« unterbrach der Pfarrer ungeduldig die Pause.

»Tatko ist nicht gestorben. Hat kleines Franischko mit sich genummen von Haus und wullt Mamka Geld für Steuer mitbringen. Gestern is kummen Pulizeit und hat weggenommen alles. Oje, oje! Und Tatko hat Pulizeit mitgenommen und hat einsperrt und hat Franischko allein lassen!«

Dem Pfarrer wurde der Jammer des Knaben peinlich. Er wandte sich zu gehen, doch noch einmal redete er den Buben an.

»Du sollst nicht stehlen!« sagte er, indem er seinen Finger milde drohend emporhob. Hierauf ließ er den Knaben allein und hörte nicht mehr, wie das Kind mechanisch: »Sollst nix töten! Sollst nix stehlen! Sollst nix ehebrechen!« vor sich hin murmelte. Töten? Stehlen? Ehebrechen? Franischko verstand die Bedeutung dieser Silben nicht, aber bei den Worten des Pfarrers hatte er sich an die einzigen deutschen Sätze erinnert, welche die Mamka sprechen konnte und die sie ihrem Söhnchen als Schutz gegen böse Geister ins Gedächtnis eingeprägt hatte. Franischko freute sich, daß auch der Herr Pfarrer die Sprüche der Mamka kannte.

Doch was beginnen? Sein Vater war sein Herr, sein Beschützer, sein Ernährer. Sein Vater weckte ihn des Morgens, führte ihn umher und wies ihm seine Arbeit an, gab ihm das Brot, das er essen, den Schluck Wasser, den er trinken durfte; sein Vater schlug ihn, wenn er ungehorsam, und trug ihn auf den Schultern, wenn er müde war. Franischko kannte nichts auf der Welt als seinen Vater. Wer wird ihm jetzt zu essen geben? Und Franischko hat Hunger.

Wohl hat ihm einst der Tatko gesagt: er könne sich sein Brot selbst verdienen, wenn er es genau so mache, wie der Vater. Ja, das war aber schwer! Freilich, schadhafte Töpfe ausbessern, neue Drähte in alte Fallen einziehen, darauf verstand sich Franischko schon recht gut; auch wußte er zu fordern und mit den Feilschenden handelseins zu werden. Für die Mausefalle so viel »Krajzari«, für die große Blechstürze so viel; und wenn die Bauersfrau schalt, so ließ er's um die Hälfte. Ja, aber bisher war er nur in Begleitung des Vaters an den großen Kettenhunden vorbei in die Bauernhöfe gedrungen; allein hätte er es nicht gewagt. Franischko hatte fünf ältere Brüder, die alle das Handwerk schon fleißig übten; zwei in Böhmen – die jüngsten, zwei in Wien, einer am Rhein – der älteste. Franischko selbst war erst vor einigen Wochen zum ersten Male mit dem Vater in die Welt gezogen; noch hatte er nicht ausgelernt und schon war er allein, plötzlich allein, und hatte Hunger.

Er mußte es machen, wie es der Vater machte – das war klar. Er raffte sich also auf, warf seine Waren über die rechte Schulter und schritt dem Dorfe zu. Schon war es Feierabend, es dunkelte. Franischko blieb ängstlich vor dem Tore des nächsten Hofes stehen und ließ erst leise, dann laut und gellend sein: »Drahtowat!« erschallen, wie er es vom Vater gelernt hatte. Da vernahm er Hundegebell und Scheltworte; aufschreiend floh das Kind. Vor dem zweiten Bauernhause ertönte abermals, noch lauter und dringlicher, sein »Drahtowat!« Doch schon waren die Hunde des ganzen Dorfes aufrührerisch geworden. Von vorn und von hinten, von rechts und von links scheuchte ihn das wütende Gebell. Wie ein gehetztes Tier jagte der Knabe die Dorfstraße hinab. Er hörte nicht die Schimpfreden, die einzelne Bauern ihm nachriefen, welche nach dem Grunde des Lärmens schauten. Wenn ihn die Hunde packten!? Jetzt öffnete sich ein stilleres Seitengäßchen. Hier lief Franischko hinein; rechts trennte ihn ein niederer Zaun von einem Obstgarten. Darin bellte kein Hund. Mit einem Satze war er über die Bretter hinweggesprungen und da stand er, schwer atmend, unter dichten, von reifen Früchten niedergebogenen Zweigen eines Pflaumenbaumes.

Er hörte das Bellen nur noch aus der Ferne. Der Gefahr war er entronnen, Müdigkeit und Hunger stellten sich wieder ein. Sollte er zu dem Krümchen Brot, das er in der Tiefe seines schmutzigen Sackes noch vorfand, einige Pflaumen pflücken? Das ging nicht an, denn er durfte nur das essen, was ihm der Vater gab. Seufzend legte er sich unter dem Baume nieder, sehnsüchtig blickte er zu den Früchten empor. Wenn Mamka da wäre, sie würde ihn gewiß nicht hungern lassen! Mit diesem Gedanken schlief er ein. –

Ein derber Fußtritt weckte ihn auf. Es war heller Morgen, der Bauer stand vor ihm

»Verfluchter Krowat! Willst du wohl machen, daß du von hier fortkommst! Wer heißt dich, meine Zwetschgenbäume zu bestehlen? Gleich läufst du oder ich will dir mit meinem Stecken Beine machen!«

Schon war Franischko wieder auf der Straße. Indessen war die Bäuerin hinzugetreten und hielt ihren drohenden Mann zurück.

»Siehst du nicht, wie blaß der Junge ist? Wenn du so zuschlägst, wird er hin.«

»Ach was, es wäre just kein Unglück, wenn einer von diesen Halunken weniger im Lande wäre. Gestern haben sie den Alten eingesperrt, weil er dem Schmiedelfranz zwei Hühner gestohlen hat, und heut strolcht der Bub in meinem Garten herum. Da soll man wohl noch schön tun und dem Kerl selber die Pflaumen vom Baume holen? Laß mich in Ruh!«

Franischko stand jetzt auf dem Dorfplatz. Ihn kümmerte es wenig, daß die Dorfjungen ihn verhöhnten, daß sie boshaft oder lustig den Ruf »Drahtowat!« in langhingezogenen Tönen nachahmten, daß sie ihn »Mausiratzenfaller«, »Krowat« und »Slowak« schimpften, daß sie Erdklöße und sogar ganze Steine nach ihm warfen. Er dachte darüber nach, wie es der Vater machte, um zu einem Stücke Brot zu gelangen. Jetzt schien ja die liebe Sonne, jetzt brauchte er sich vor den Hunden nicht so zu fürchten, jetzt waren die Menschen nicht so mißtrauisch.

Von Haus zu Haus zog er, überall bot er seine Dienste an, überall umsonst. Erst gestern hatten die Bauern den Alten gefesselt durchs Dorf führen sehen, für die nächsten Tage wollten sie mit keinem Slowaken etwas zu tun haben. Hätte ihm das dreijährige Kind der ledigen Schulzenhofmagd nicht seinen Sonntagskuchen und die schöne Kellnerin vom »Roten Löwen« nicht ein Glas Milch geschenkt, er wäre vor Schwäche umgesunken.

Die Hitze des Tages nahm noch immer zu, obgleich es schon auf den Abend ging. Auf dem Platze stand ein Muttergottesbild. Franischko erinnerte sich an seine Mamka und setzte sich nachsinnend auf die Stufen der Säule. Wenn er stürbe, so käme er in den Himmel, hatte man ihn gelehrt. Er wollte aber nicht in den Himmel kommen, wenn es oben so heiß war.

Da kamen zwei Männer des Weges, der Pfarrer und neben ihm der Herr Adjunkt, ein junger Mann, der erst vor kurzem die Universität verlassen hatte.

»Ein störrisches Volk, diese Slowaken«, sagte eben der Pfarrer. »Selbst mein Zureden konnte den Mann nicht zum Geständnisse seiner Schuld bewegen. Leider, leider!«

»Da liegt sein Bub, Herr Pfarrer«, rief der Adjunkt. »Er ist kaum zwölf Jahre alt; er wird zu einer Aussage zu bringen sein. Kommen Sie, Herr Pfarrer; Sie werden vielleicht einem interessanten Verhör beiwohnen.«

Sie rüttelten den Knaben aus seinen Träumen auf. »Liebes Kind«, nahm der Adjunkt das Wort, »weißt du auch, weshalb sie deinen Vater eingesperrt haben?«

»Ich weiß ich nix.«

»So hast du denn gar nichts in der Schule gelernt? Nicht einmal die zehn Gebote? Weißt du denn nicht: Du sollst nicht stehlen?«

»Sollst nix töten! Sollst nix stehlen! Sollst nix ehebrechen!« murmelte der Knabe und schaute dabei dem Adjunkt so kummervoll, so unschuldig ins Gesicht, daß dem jungen Mann eine Ahnung aufging, das Kind müßte doch am Ende nicht an den Streichen seines Vaters beteiligt sein. Doch besann er sich und fuhr fort: »Hast du auch schon mit deinem Vater gestohlen?«

»Ich weiß ich nix.«

»Lassen Sie das Kind«, unterbrach der Pfarrer das seltsame Verhör.

Doch der Jurist ließ nicht mehr ab. »Wie, du wüßtest nicht, was stehlen heißt? Hast du noch niemals Erdäpfel aus dem Felde gezogen und sie beim Feuer des Erdäpfelkrautes gebraten?«

»Hab ich nix gezogen, hab ich nix braten.«

»Dein Vater aber tat es alle Tage. Nicht wahr?«

Franischko horchte hoch auf. Das also war es, was der Tatko machte, um zu essen zu haben? Ja, da mußte er es auch so machen. Was Tatko machte, das war gut. Vorsichtshalber fragte er aber doch: »Hat Tatko stohlen?«

»Freilich! Und du wirst ihm wohl dabei geholfen haben! Erinnere dich nur recht! Wo ein Haus leer stand, da ging dein Tatko hinein – he? – und was an Eßwaren dalag, das nahm er mit, he? Eine Wurst, einen Schinken, einen Brotlaib – he?«

Dem armen Franischko lief das Wasser im Munde zusammen; jetzt war ihm geholfen, er wußte, wie es der Tatko machte.

»Hab nit wußt!« sagte er, dankbar zu dem jungen Juristen aufblickend.

»Arme Seele«, rief der Pfarrer. Der Adjunkt lachte ärgerlich, und die Männer gingen ihres Weges weiter. –

Am Abend dieses Tages wurde der alte Franio aus seiner Haft entlassen, denn der wahre Hühnerdieb hatte sich gefunden. Der Slowak bekam sogar noch ein Stück Kommißbrot auf den Weg und den Rat, sich in diesem Bezirk nicht wieder blicken zu lassen; er war's zufrieden, doch machte ihm das Schicksal seines Buben schwere Sorge. Was war aus dem Kinde geworden? Niemand wollte es seit einigen Stunden gesehen haben, und die Nacht brach schon herein. Und überdies drohte ein schweres Gewitter.

Der Alte durchforschte die ganze Umgebung des Dorfes, lange umsonst; da, als er um eine Waldecke bog, an dessen Saume ein Kartoffelfeld lag, sah er seinen Buben. Er saß neben einem kleinen Feuer, in welchem Kartoffeln brieten; neben ihm, auf dem Rasen, glänzte ein Stückchen Speck und ein Würstlein. Als Franischko den Vater erblickte, sprang er auf und eilte ihm stürmisch entgegen. Der Vater war erschrocken.

»Wo hast du das her, Franischko?« fragte er in seiner Muttersprache.

»Oh, Tatko, du wirst mich loben«, rief das Kind. »Ich habe alles gemacht wie du. Und ich war sehr geschickt, du mußt mich jetzt alles lehren, was du kannst!«

»Wo hast du das her?« wiederholte der Vater.

Franischko schaute seinen Vater schelmisch an. Er zögerte mit der Antwort, um dessen Neugier aufs höchste zu spannen. Wie wird sich der Tatko freuen, wenn er hört, was sein braver Franischko in seiner Abwesenheit gelernt hat! Franischko war auf Speck und Wurst beinahe ebenso stolz wie damals, als er den Vater mit der ersten, eigenhändig ausgeführten Mausefalle überrascht hatte. Auch damals war sein Lerneifer gelobt worden.

Endlich hielt er sich nicht länger. Er wollte sein Lob einheimsen. Er rief vergnügt: »Schau, was ich Neues kann! Gestohlen hab' ich's! Ja, Tatko, ich hab' das Stehlen gelernt! Ganz allein hab' ich's gelernt.«

»Du Bankert!« schrie der Alte und warf wütend das Kind zu Boden. Doch schon besann er sich, setzte sich neben seinen Knaben auf die Erde, beruhigte ihn und fragte ihm allmählich ab, wie er denn das Stehlen gelernt hätte. Schwere Tränen rannen über das zermarterte Antlitz des Slowaken, als er den Bericht vernahm. »Pamboschko na nebi« (Gott im Himmel), rief er, »was wird die Mutter dazu sagen.« –

Das Feuer war erloschen. Franischko wartete seit einer Stunde darauf, daß sein Vater ihm zu essen gäbe. Jetzt zog der alte Franio das Stück Kommißbrot aus dem Sack, schnitt es in zwei Hälften; die eine gab er dem Knaben. Wurst und Speck hatte er in der ersten Erregung beiseite geworfen. Franischko ließ sich das harte Brot gut schmecken. Der Alte aber schielte fortwährend nach dem gestohlenen Gute hinüber. Wer's so gut haben könnte! Plötzlich schluckte er mit einem groben Fluche einen großen Bissen Brotes, an dem er schon lange herumgekaut hatte, herunter, holte das Weggeworfene scheu herbei und teilte es mit dem Kinde. Bald war das bißchen Nahrung verzehrt.

Wieder verging eine halbe Stunde. Das Gewitter brach los, und Franios Antlitz wurde immer härter.

»Franischko«, sprach er, »wo hast du das gefunden? – War noch mehr da? – Zeig mir den Weg!«

Wie der Franischko Geographie studierte

Vor dem Laden eines Buchhändlers standen zwei Knaben im Alter von ungefähr zwölf und zehn Jahren. Es waren junge Brüder, welche eben das Schulhaus verlassen hatten und den kurzen Weg bis zu der elterlichen Wohnung nun auf alle mögliche Weise zu verlängern wußten. So machten sie es alle Tage. Das eine Mal betrachteten sie aufmerksam und wißbegierig den lebendigen Hummer im Schaufenster des Kaufmanns, ein anderes Mal zählten sie die Pflastersteine oder liefen in ziemlich spitzen Winkeln über den Damm hinüber und herüber, oder sie lernten alle Firmen und Anzeigen der Straße auswendig.

Heute hielten sie – wie gesagt – vor einer Buchhandlung, weil eine große Landkarte in ihnen eine Erinnerung an die letzte Geographiestunde geweckt hatte. Unbekümmert um das Treiben, wie es sich um diese Vormittagsstunde in allen Teilen der Hauptstadt entfaltete, standen sie da und fragten einander aus. Ihre hellen Augen suchten auf der ausgehängten Karte von Mitteleuropa umher, bis sie einen bekannten Ortsnamen gefunden hatten. Hier lag Berlin, der Sitz der Regierung, da Wien, wo die Donau blau ist, da Nürnberg, wo die Häuser fünfhundert Jahre alt sind und davon schiefe Fenster und spitze Dächer bekommen haben, da Straßburg, die wunderschöne Stadt, da im äußersten Winkel Thorn, wo der Pfefferkuchen herkommt, und ganz unten Genf, wohin die Eltern der beiden Kinder in den Ferien reisen wollten.

Der Jüngere wurde nicht müde, zu fragen und selbst zu antworten, obgleich der Ältere ihn schon zweimal mit den Worten: »Du, Otto, wir bekommen kein Frühstück!« zur Eile gemahnt hatte.

»Du willst nur gehen, weil du dich schämst! Du weißt aber auch gar nichts, Ernst. Hier ist Hamburg, wo man nach Amerika fährt.«

Und der kleine energische Otto stellte sich auf die Fußspitzen, um mit dem Zeigefinger den Punkt auf der Karte deuten zu können. Der stillere und langsamere Ernst nahm die Mitteilung ohne jede Empfindlichkeit hin, aber sein Wetteifer war doch geweckt. Er hatte eben einen kleinen Slowakenjungen erblickt, der neugierig neben ihnen stehengeblieben war. Er hatte es sich gemerkt, wo die Slowaken herkamen, und mit einem stolzen Aufleuchten seiner großen blauen Augen fragte er: »Ich weiß auch etwas, was du nicht weißt. Wo ist Trenschin?«

»Trenschin? Da kommen die Mausiratzenfaller her!« antwortete Otto lebhaft, um wenigstens seine kulturhistorischen Kenntnisse zu zeigen, da er die geographische Lage nicht sofort feststellen konnte.

»Ja«, sagte Ernst. »Aber zeig es mir auch! Du bist ja immer der Klügere! Wenn du es aber nicht gleich findest, so ergib dich!«

»Nein, nein«, rief Otto, während seine Augen unruhig die Karte auf und ab liefen.

Der Slowakenjunge, den die bunten Farben im Schaufenster angezogen hatten und der jetzt bei den letzten Worten des Knaben in eine ungeheure Aufregung geriet, war der kleine Franischko, der auch heute mit seinen vielen Mausefallen, Deckeln, Töpfen, Quirlen, Trichtern, Lämpchen, Bechern und ähnlichen Blechwaren beladen, von Haus zu Haus ziehend, hierher geraten war. Es war Franischko, der die wohlerzogenen, sauber gehaltenen Knaben nicht beneidete, bloß bewunderte.

Was wußten die vornehm gekleideten jungen Herren von Trenschin?

Trenschin war weit, weit weg. Viele Monate mußte man wandern, wandern am Fluß vorbei und durch blühende Felder, über Berg und Tal, durch Wald und Sand, wandern bei Nacht und Wind und bei sengender Sonnenglut, wandern mit lahmen Füßen, unter drückenden Warenlasten, von Dorf zu Dorf, von Stadt zu Stadt, bevor man hierher gelangte zu den fremden deutschen Menschen. Oder hatte ihn der Tatko in der Runde herumgeführt? War er hier am Ende wieder in der Nähe der Heimat? Der Tatko hatte ihn allein hier zurückgelassen und ihm verboten, an die Heimat zu denken. Und der arge Majster schlug ihn, wenn er nach Trenschin fragte.

Sollten diese beiden Knaben ihm Auskunft geben können?

Noch immer suchte Otto den bezeichneten Ort. Seine Lippen bewegten sich, weil er innerlich die Namen aller bekannten Städte las, an denen sein Auge unbewußt vorüberglitt. Da plötzlich rötete sich sein Gesicht, und jubelnd rief er: »Da ist Trenschin!«

Der kleine Slowakenjunge zitterte. Die beiden Knaben sahen so freundlich aus – sie würden ihn nicht schlagen! Besonders der ältere mit seinem ruhigen, milden Gesicht flößte Vertrauen ein. Da faßte sich Franischko ein Herz und trat an die Knaben heran, als sie sich eben zum Gehen wandten.

»Bitt' ich, gnädiges junges Herr, bitt' ich untertänigst, wu… wo ise Trenschin?«

Die erste Bewegung der beiden Knaben sah beinahe aus wie ein Fluchtversuch. Aber schon blieb Otto stehen und betrachtete den kleinen Frager mit überlegener Miene.

»Schäm dich, Mausiratzenfaller«, sagte er. »Du, Ernst, der ist dumm. Er ist selbst aus Trenschin und weiß nicht, wo es liegt.«

»Bitt' ich, gnädigstes junges Herr, wo is Trenschin? Bitt' ich, hab' ich Mutterle meiniges da unten. Wo ise Trenschin?«

Otto reckte sich wieder empor und zeigte mit dem Finger auf den Punkt der Landkarte. »Da ist dein Trenschin«, sagte er.

»Bitt' ich, seh ich nix Trenschin. Trenschin is großmächtige Stadt, Massa Häuser, is hier Glas und Papier, is nix Trenschin.«

Und der kleine Franischko sah enttäuscht auf den Altersgenossen, welcher ihm noch vor kurzem wie ein höheres Wesen erschienen war. Otto schaute erst noch auf seinen Bruder, ob dieser auch ein aufmerksamer Zeuge seines Triumphes sei, dann begann er zu Franischko: »Du bist ein ganz großer Esel. Du mußt doch Geographie gelernt haben und weißt nicht einmal, was eine Landkarte ist? Das hier ist eine Landkarte, und da stehen alle Städte und Dörfer und Marktflecken und Flüsse und Nebenflüsse darauf. Eine Landkarte ist nämlich, wenn man, weiß du, das ist so, wie wenn einer ein Bild aufzeichnet. Das ist auch viel kleiner, aber man kann doch alles darauf sehen. Auf dieser Karte steht beinahe die halbe Erde, aber die ist tausendmal größer.«

»Vielleicht zweitausendmal. Meinst du nicht, Otto?« sagte Ernst.

Franischko hörte mit offenem Munde den unverstandenen Reden zu. Wenn er doch auch so klug wäre wie diese Knaben, welche das Bild der Erde zu deuten wußten! Aber hier war keine Zeit zu Wünschen und Betrachtungen. Inständig begann er wieder: »Armes Franischko nix lernt! Wo ise Trenschin?«

Die beiden Knaben schauten einander betroffen an. Auf der Landkarte wußten sie wohl Bescheid, aber dieser Slowakenjunge verlangte offenbar zu wissen, wo der Ort wirklich auf der weiten Erde läge. Das war ihnen noch nie eingefallen, daß die Wissenschaft auch einen Nutzen gewähren könnte. Ernst faßte sich zuerst.

»Komm mit«, sagte er zu dem Kinde. »Papa wird es dir sagen. Papa weiß alles.«

»Dazu brauchen wir noch lange nicht den Papa«, rief Otto erregt. »Ich weiß es ganz gut, Mausiratzenfaller. Schau, wir sind hier« – und er wies mit dem Finger auf einen Punkt auf der Landkarte –, »und Trenschin liegt rechts. Rechts ist Osten. Trenschin liegt also im Osten.« Und herausfordernd blickte er auf seinen Bruder.

»Ja, Trenschin liegt im Osten«, wiederholte Ernst, indem er bewundernd den jüngeren Bruder betrachtete.

»Wo ise Ost, wo ise Trenschin? Liebes gnädiges junges Herr, wo ise Trenschin?«

Ohne eine Silbe zu antworten, lief Otto, gefolgt von seinem Bruder und dem Slowakenjungen, über den Damm auf die andere Seite der Straße. Hier schien die Mittagssonne hell auf das saubere Pflaster. Otto stellte sich stramm hin, das Gesicht seinem eigenen Schatten zugewendet. Dann streckte er die linke Hand in gerader Richtung von sich, deutete mit dem Finger und rief: »Dort ist Osten.«

»Das habe ich ja gesagt«, rief Ernst mit rotem Gesicht.

Und die beiden Brüder begannen so lebhaft zu streiten, daß sie bald des landfremden Kindes vergessen hätten, wenn Franischko sie nicht mit seinem kläglichen und immer dringenderen »Wo ise Trenschin?« an sich erinnert hätte.

Die Streitenden einigten sich. Beide stellten sich nebeneinander auf, ihren Rücken der Sonne zugewendet, beide streckten die rechten Arme aus und riefen: »Dort ist Osten, dort ist Trenschin.«

Lange starrte Franischko in die bezeichnete Himmelsrichtung, als wollte er sie seinem Gedächtnisse für immer einprägen. Schon hatten seine beiden Freunde ihn verlassen, da rief er ihnen nach, ohne sich von der Stelle zu rühren, ohne seinem Blick eine andere Richtung zu geben. Die Knaben kehrten zurück.

»Ise sich viel weit nach Trenschin?«

Ernst stieß seinen Bruder an. »Das wollen wir doch lieber den Papa fragen. Das haben wir noch nicht gelernt.«

Otto lachte, faßte seinen Bruder bei der Hand und schleppte ihn wieder zur Landkarte. Hier verglich er aufmerksam die Entfernungen, rieb sich die Stirne, kratzte unter der Mütze den Kopf und sagte endlich mit Entschiedenheit: »Vierundzwanzig Stunden.«

»Aber Otto, wie kannst du das wissen?«

»Das kann ich ganz gut wissen«, schrie Otto unter lebhaften Gestikulationen. »Papa sagt gestern beim Kaffee, daß die Reise nach Genf zwei Tage dauern wird. Von hier nach Genf ist doppelt so weit wie nach Trenschin. Siehst du? Gerade doppelt so weit.« – Und er maß die Entfernungen mit dem Bleistift. – »Drei Bleistifte nach Genf, einundeinhalb nach Trenschin. Also kommt man nach Trenschin in einem Tage. Und ein Tag hat vierundzwanzig Stunden. Das wirst du doch wenigstens wissen, Ernst!«

»Das ist wahr«, erwiderte Ernst, und sie kehrten zu Franischko zurück und teilten ihm mit, daß er vierundzwanzig Stunden nach Trenschin brauchte. Die Augen des Knaben erglänzten in Tränen.

»Liebes Gott in Himmel soll segnen viel tausend Male gnädigstes junges Herr.« Und Franischko griff nach den Ärmeln des Knaben, um sie zu küssen. Sie liefen aber davon und kehrten ohne weiteren Aufenthalt nach Hause zurück, wo sie mit Schelten empfangen wurden. Nachdem sie jedoch ihr Abenteuer berichtet hatten, war der Zorn der Mutter bald beschwichtigt, sie gab den Knaben das verwirkte Frühstück und versprach, dem Vater über das Herumtreiben auf der Straße heute nicht zu klagen.

Des Abends wurden aber die Streiche der Kinder doch gewissenhaft berichtet, und die Eltern priesen um die Wette die Schlauheit ihres Jüngsten.

Franischko stand noch lange da und starrte nach Osten, nach Trenschin. Die Wagen rasselten an ihm vorbei, das Gewirr von tausend Menschenstimmen schlug an sein Ohr, die Hunde bellten, von allen Türmen schlug in seltsamem Gemisch die zwölfte Stunde. Und aus dem Gerassel und Gewirr, aus dem Glockenklingen und dem Hundebellen vernahm Franischko, deutlich wie im Traum, die Melodie des trauten Liedes, das die Mädchen beim Tanze sangen:

Wo ist mein Land? Wo steht mein Haus?
Trenschin, du dornenreiche!
Rose, du düftereiche!
Dort ist mein Land! Dort zog ich aus!

Näher und näher hörte er die schwermütige Weise, schon konnte er die einzelnen Stimmen unterscheiden. Die laute helle Stimme, welche alle anderen übertönte, war das nicht die schwarze Katscha, und der tiefe Baß, der sich immer zu ihr hielt, war das nicht der lange Ondrej? Und jener leise, leise Ton, der immer zu weinen schien, wenn er zu dem Verse »Trenschin, du dornenreiche!« kam, war das nicht die Mamka, die liebe alte müde Mamka, die sich immer so innig freute, wenn der Franischko nach Hause kam? Ja, die Mamka wird ihn gewiß freudig willkommen heißen! Und konnte ihm selbst der strenge Tatko böse sein, wenn er zwei Arbeitstage versäumte, um einmal zu Hause zu sein? Der Tatko war nicht böse, nein, auch wird die Mamka für den Franischko bitten.

Ob er es wagt? Wieder tönt um sein Ohr ein Lied, der wilde Sang von der »Uherska krajina«, und er glaubt offenen Auges den Imrich und die Bora zu sehen, wie sie tanzen, und die Zigeuner zu hören, die dazu aufspielen – und juchhei! auf springt er und in rhythmischen Sprüngen, wie zum Tanze, eilt er davon – dem Osten entgegen. In vierundzwanzig Stunden wird er bei der Mamka sein! Die Waren auf seiner Schulter klirren den Takt, und die Hunde umspringen ihn kläffend, und die Leute auf der Straße blicken ihm lachend nach. –

Wie flog er dahin! Schon lagen die Häuser der Stadt hinter ihm, und zwischen Gärten und Landhäusern hin führte sein Weg. Er hatte ihn gut gemerkt: rechts stand die Sonne! Und wenn sie sank und unterging? Bah, dorthin – dorthin mußte er! Er kannte sein Ziel. – Dort liegt Trenschin!

Jetzt war er auf freiem Felde. Über Hecken hinweg, durch wogende Kornfelder eilte der Knabe. Wohl rief ihn hier ein Feldhüter an, wohl setzten ihm da die Dorfbuben nach, aber Franischko war schneller als sie alle. Ja, sucht ihn nur einzuholen! Wenn ihr nicht Flügel habt und nicht auch zur Mutter eilt – ihr erjagt ihn nicht. Einmal hörte er gar drohend hinter sich rufen und endlich einen Schuß. Aber der Schuß galt gewiß den Spatzen auf den Pflaumenbäumen, die dort die Wiese umsäumen, nicht ihm. Wer könnte so schlecht sein und auf den Franischko schießen, der zu seiner Mamka läuft?

Und jetzt den Berg hinauf. Anfangs ging es mit derselben Hast wie seit drei Stunden. Plötzlich aber wurde dem Franischko schwarz vor den Augen, seine Brust keuchte, und ein kalter Schweiß lief ihm über die Stirn. Franischko erschrak. Die kluge Mamka hatte ihm einst nicht umsonst eingeschärft, man müßte den Berg hinauf fein langsam gehen. Er durfte ja heute nicht krank werden. Auch war es töricht, so in die Welt hinein zu rennen. Der gelehrte Knabe hatte ja nur von vierundzwanzig Stunden gesprochen und dabei gewiß nicht an ein Laufen von vierundzwanzig Stunden gedacht.

So fing denn Franischko an, bedächtiger vor sich hinzuschreiten. Nicht so langsam, daß er hätte verschnaufen können, aber auch nicht so schnell, daß der Schwindel wiedergekommen wäre, der ihn auf dem Berge beinahe umgeworfen hätte.

Und die Sonne sank immer tiefer, und Franischko wurde immer müder. Und als die Sonne untergegangen war und Dämmerung immer dichter den Knaben umgab, da verband er seine Richtung mit den Sternen und schritt weiter. Kein Laut war zu vernehmen, als das Klirren des Warenhaufens auf seiner Schulter, der bei jedem seiner Schritte hart niederfiel und ihn zu Boden ziehen zu wollen schien. Wie, wenn er die Waren hier irgendwo zurückließ, um sie auf dem Rückwege wieder abzuholen?

Er mußte noch eine halbe Stunde gehen, bevor er zu einem Hause kam. Es war eine einsame Schenke, etwa tausend Schritt von den ersten Häusern eines kleinen Dorfes entfernt; aus ihren Fenstern blinkte ihm helles Licht entgegen. Franischko pochte an der Tür und bat um die Erlaubnis, die Waren bis zum übernächsten Tage hier zurücklassen zu dürfen. Der Wirt und seine junge Frau waren allein im Hause. Lachend nahm der Mann die Sachen in Empfang. Während die Frau sich entfernte, um das anvertraute Gut zu verwahren, sank Franischko an der Schwelle zusammen und lehnte, sofort vom Schlafe übermannt, an dem Türpfosten.

Jetzt rief der Mann ihn an. Franischko fuhr empor und murmelte in seiner Muttersprache einige Worte des Dankes. Die Frau kehrte zurück und blickte mitleidig auf den Knaben. Ohne einen ärgerlichen Ruf ihres Mannes zu beachten, sagte sie: »Du bist müde. Willst du nicht lieber bei uns im Stalle übernachten, als in der Dunkelheit weiterlaufen?«

»Bitt' ich, will ich zu Mutterle«, antwortete Franischko.

»Wie weit hast du denn noch zu deiner Mutter?«

»Bitt' ich, morgiges Tag, wann am heißesten is, Franischko bei Mutterle sein.«

»Und den ganzen weiten Weg willst du machen, ohne dich einmal auszuruhen? Hast du denn etwas Geld, um dir Brot zu kaufen, wenn dich hungert?«

Franischko schüttelte traurig den Kopf. Wohl trug er beinahe einen Gulden, den Erlös des Tages, bei sich in der Ledertasche. Aber das Geld gehörte dem Majster, Franischko durfte es nicht anrühren.

»Ein Stück Brot werde ich ihm doch geben dürfen?« fragte die Frau, indem sie dem Wirt schmeichelnd nahe rückte.

»Meinetwegen denn«, brummte der Mann. »Soviel wird sein Blech noch wert sein.«

Franischko erhielt dankbar eine große Schnitte Brot. Er hielt sich aber nicht auf, sondern begann im Weiterschreiten seine Mahlzeit. Wie neu belebt eilte er nach der kurzen Rast und kleinen Stärkung weiter. Jahr und Tag war es ihm nicht so gut geworden, ohne seine schwere Last einherzugehen. Nichts zu tragen!

Die vornehmen Herren konnten's nicht besser haben.

Franischko betete für die gute Frau, die ihm das Brot gereicht hatte. Ja, freilich mußte er in der Nähe der Heimat sein, denn das war kräftiges schwarzes Brot, wie es in Trenschin gebacken wurde, und nicht so ein saueres Zeug, wie er es in der Stadt zuweilen bekam. Franischko mußte laut lachen. Wenn die Sonne aufging, dann erkannte er gewiß die Gegend, denn dann war er nur noch wenige Stunden von der Heimat entfernt, und da kannte er viele Meilen ringsum jedes Maulwurfsloch. Vielleicht schritt er schon jetzt zwischen wohlbekannten Bergen dahin. Der Bach, dessen Lauf er schon seit einer Stunde folgen durfte, war vielleicht die Kyssucza. Franischko hielt ein Weilchen inne, lief zum Bache hinab und tauchte seine Fingerspitzen beinahe zärtlich in das Wasser; dann schöpfte er mit der hohlen Hand und trank. Er konnte es aber nicht mit Sicherheit sagen, ob es die Kyssucza war. Er eilte weiter.

Der Mond ging auf und stärkte mit seinem stillen Licht den Mut des Knaben. Er begann zu singen, um sich die Zeit zu vertreiben.

Ich geh' nicht nach Hause,
Ich geh' nicht nach Hause,
Zu Hause setzt es Hau'.
Die Baba wird mich hudeln,
Ich aß ihr alle Nudeln.
Ich geh' nicht nach Hause,
Ich geh' nicht nach Hause,
Zu Hause setzt es Hau'.

Das dumme Lied! Nur die Melodie war schön, aber die Worte hatten gar keinen Sinn; denn zu Hause war es gut und niemand hudelte ihn. Auch lachte der Franischko in sich hinein, als ihm bei der Wiederholung des Liedes einfiel, daß er noch niemals über den Sinn des Liedes nachgedacht hatte. Da hörte er damit auf und pfiff die Melodie stillvergnügt vor sich hin, bis neue Gedanken die Lieder ablösten. Er wird einen rechten Hunger haben, wenn er zu Hause ankommt. Der Vater wird zwar ein bißchen schelten, wird aber doch die Mamka gewähren lassen, die ihm sicherlich eine Suppe kochen wird. Oder gar einen richtigen Kaffee? Franischko wurde ganz verlegen bei dem Gedanken.

Das ist ein großer Wald, durch welchen Franischko jetzt wandert. Mitternacht ist es auch gewiß. Jetzt könnten Wunderdinge geschehen. Da ruft ja der Kuckuck um Mitternacht. Das ist ein glückliches Zeichen. Vielleicht tanzen die abgeschiedenen Seelen heimlich in diesem Walde und dann hat vielleicht die Geisterkönigin Mitleid mit ihm und anstatt ihm sein Blut auszusaugen, gibt sie ihm den Geisterring zu eigen mit dem goldenen Reif und dem bläulich schimmernden Stein. Dann sprengt der Franischko mit seiner Hilfe die Ketten der Erde und reißt aus ihrem Schoß den Berg von Gold und bringt ihn nach Trenschin, und wenn die Mamka seidene Kleider haben will, so schneidet sie fortan nur ein Stück von dem goldenen Berge ab und trägt es in die Stadt zum Juden. Das wird ein lustig Goldschneiden werden!

Oder wie? Will die Geisterkönigin den Ring nicht geben? Wer verscheucht die Geister, daß sie ängstlich auseinanderstieben und sich in Nebelfetzen verwandeln, die jetzt auf einmal um den Bergwald hängen? Das sind gewiß die nächtlichen Räuber, die auf schwarzen Rossen den Wald durchjagen, die Grafen töten und die lichten Jungfrauen aus ihren Ketten befreien. Dann wird der Räuberhauptmann auf ihn zugeritten kommen und wird ihm die Kehle abschneiden wollen. Franischko aber wird höflich den breiten Hut vom Kopfe ziehen und versichern, daß die sechsundachtzig Kreuzer in seiner Tasche nicht ihm gehören, sondern dem Majster, und daß er zu seiner Mamka eile. Dann wird der Räuberhauptmann ihm den Hut mit goldenem Geschmeide füllen und ihm sagen, daß er die Mamka grüßen lasse.

Zwischen Wachen und Träumen wandelt Franischko durch die Stille der Nacht. Er merkt es nicht, wie die Sterne verblassen, nicht, wie ein leiser Wind durch die Blätter des Waldes rauscht und ihn nun mit Frost durchschauert, nicht, wie vor ihm der Himmel sich rötlich erhellt. Mit müden Füßen und müden Augen schreitet er fort, von beseligenden Bildern umgaukelt. Da wird es lichter und lichter um ihn und jetzt – er tritt aus dem Walde, und vor ihm zwischen Himmel und Erde flammt der erste Strahl der Sonne über das Land. –

Wie festgebannt bleibt Franischko stehen. So weit das Auge reichte, auf vielen, vielen Meilen überall üppige Felder, stattliche Dörfer, blanke Kirchtürme und in der Ferne, wo der Himmel schon anfing, eine große Stadt. So sah es in der Umgegend von Trenschin nicht aus! Ein unendlicher Schmerz ergriff den kleinen Franischko, die Tränen schossen ihm in die Augen, aber er wußte nicht recht, was ihn so jählings packte. Es mußte doch ein wenig weiter bis Trenschin sein als er dachte. Aber dann tat Eile not! Vorwärts! Vorwärts!

Er sang nicht mehr, er träumte und sann nicht mehr. Vorwärts nach Osten eilte er, und vergaß alles andere. Er vergaß die Gesichte der Nacht, die Mamka und den drohenden Majster, er vergaß den Schmerz an seinen Füßen und den quälenden Hunger. Weiter! Weiter! Der Vormittag ist noch lang und Franischko kann noch gehen! Und die Leute sind wohltätig. Schon hatte ihm das hübsche Mädchen einen Trunk süßer Milch gegönnt, es war ein tiefer, tiefer Trunk, wie Franischko ihn lange nicht getan. Im nächsten Dorfe hat ihm ein ganz kleines Kind einen Apfel geschenkt und dann, als die Sonne heißer herunter schien, hat ihm jemand – war's der Pfarrer oder war's seine gute Mamka? – Bier gereicht.

Ja, das Bier, das hatte ihn gestärkt! Oder hatte es ihn gar trunken gemacht? Es war ja nur ein Glas! Und doch – Franischko fühlte es, daß er nicht klar im Kopfe war. Oder war es eine schwere Krankheit, welche das Blut peitschte, daß es ihm die Schläfen zu sprengen drohte? Wohin wollte er denn nur so eilig durch die spitzigen Nadeln hindurch, die ihm die Füße zerstachen? Warum versteckte er sich nicht vor dem glühenden Eisen, welches von oben her seine Augen umflimmerte? Franischko ist doch so stark, daß er es mit dem Majster schon aufnehmen wird, wenn der Majster ihn schlagen will. Oh, er soll nur kommen!

Horch! Was war das? Hinter ihm, im letzten Dorfe, schlug die Turmuhr viele Schläge.

Was ging das den Franischko an? Aber nein – er wollte ja diese vielen Schläge anderswo hören, ganz anderswo! Jetzt schallte der erste Glockenschlag aus dem andern Dorfe rechter Hand herüber. Eins – zwei. Franischko zählte. Pamboschko na nebi! Zwölf Uhr mittags! Heiliger Gott, um zwölf Uhr sollte er ja zu Hause sein und wenn er nicht zur rechten Zeit kommt, so stirbt vielleicht die Mamka! Pamboschko na nebi! Und Franischko steht müßig da in fremder, fremder Gegend und zählt die Schläge einer fremden Dorfuhr. Das soll seine Mamka nicht von ihm sagen, daß er sie im Tode vergessen habe.

Aber wo war Trenschin? Plötzlich hatte er die Richtung vergessen, von der er kam. Wo war Trenschin? Dort konnte es nicht sein, denn dort war ein großer Teich, in dem der Franischko ertrinken würde. Dort auch nicht, denn von dort her kam die Glut, welche ihm das Blut zum Sieden brachte. Aber dort! Das war keine hohe Pappel, wie der böse Majster, der jetzt mit drohend erhobener Faust dicht hinter ihm stand, ihm wohl einreden wollte, das war der Arm der Mamka, der ihm winkte.

»Mamko, mila Mamko!« brachte Franischko mit heiserer Stimme noch hervor, dann jagte er fort, der Mamka entgegen. Durch hohe Kornfelder hindurch, über Stoppeln und Steine, über Gräben und durch dichtes Untergehölz, das ihm die armseligen Kleider in Fetzen riß, ging die Jagd.

Auf einmal wurde es finster. Ob Nacht oder Blindheit, er taumelte weiter. Er stürzte und sprang wieder empor. Dann wurde es noch einmal Licht um ihn her, das glühende Eisen näherte sich den Augen, heiß und rot flammte es vor ihm auf und mit einem Schrei stürzte er zu Boden.

So fand ihn der Lehrer. Der Lehrer war ein trauriger Mann mit blassen Wangen und schwarzen Augen. Böse Kinder fürchteten sich vor ihm, aber er war gut gegen den armen Franischko. Er trug ihn mit Hilfe eines Knechtes nach seinem fernen Häuschen, kühlte ihm die brennende

Stirn, wachte an seinem Lager und flößte ihm eine labende Arznei ein. Tag um Tag verging, bevor die Macht des Fiebers gebrochen war. Doch endlich, an einem hellen Sonntagsmorgen, erwachte Franischko wieder zum Bewußtsein und sah in ein Paar milder dunkler Augen und fühlte eine weiche Hand, welche lind über seine abgemagerten Wangen glitt. Das war beinahe so schön wie bei der Mamka.

Dann kamen herrliche Tage. Franischko war noch zu schwach, um sich vom Lager zu erheben, der Lehrer aber brachte ihm schmackhafte Suppen und Weißbrot, später gar Honig und allerhand Früchte, und plauderte mit ihm des Abends und erzählte ihm Märchen, so schön, so schön. Später durfte Franischko in das Gärtchen hinaustreten und sich unter den hohen Birnbaum ins Gras legen. Es war wie im Vaterhaus, und die beiden Knaben hatten doch wohl den richtigen Weg gewiesen.

Franischko mußte dem Lehrer erzählen, wie er in dieses Dorf gekommen und was ihm da zugestoßen sei. Der Lehrer blickte so mitleidig, wie das Christusbild in der Kirche, als Franischko die Geschichte seiner Reise erzählte. Nachdem Franischko alles berichtet hatte, was er wußte, fragte er so zutraulich, wie er sich sonst keinem Menschen zu nähern wagte: »Bitt' ich, frag' ich, Pane Lehrer, haben wullt Knaben böse fuppen armes Franischko mit ganz ganz kleines Bilderle von großmächtigen Erden?«

Der Lehrer antwortete: »Nein, mein guter Franischko, wohl gibt es Bilder von der Erde, aber die Kinder wissen sie nicht zu deuten. Man muß groß geworden sein, um die Bilder ins Unendliche zu vergrößern, man muß alt geworden sein, um sich auszukennen auf der Erde. Freue dich, Franischko, daß du noch klein und jung bist. So siehst du noch die schönen farbigen Bilder, wir sehen nur noch die häßliche farblose Wirklichkeit. Du dankst es mir heute, daß ich dich aus der Ohnmacht geweckt habe. Möchtest du mir nicht fluchen, wenn auch du dereinst das Bild von der Erde begreifst.«

Franischko schwieg lange und schaute vergnügt in die Krone des Birnbaumes. Dann sagte er: »Verstund ich gar nix, Pane Lehrer, ober bin ich lustiges Franischko, weil mich gnädigste Knabe nix wullt fuppen.«

Eines Morgens erwachte Franischko so munter, daß er mit der Sonne aufstand und wild im Freien umherlief. Plötzlich hielt er inne und begann bitterlich zu schluchzen. Es fiel ihm ein, daß er nun gesund sei, und daß die Herrlichkeit beim guten Lehrer nun ein Ende haben müsse. Doch der Lehrer sollte nicht sehen, wie schwer dem Franischko der Abschied fiel. Franischko trocknete die Augen, trat in die Stube des Lehrers und sagte ihm, daß er gesund sei und nun wieder an die Arbeit gehen müsse. Trotz seinem mutigen Vorhaben brach er jedoch bei den letzten Worten wieder in Tränen aus und war nicht mehr imstande, die Dankesworte hervorzubringen, welche er noch auf dem Herzen hatte.

Auf Wunsch des Lehrers mußte Franischko diesen Tag noch bei ihm zubringen und vom Besten genießen, was des Lehrers Küche bot. Oh, der Lehrer, das mußte ein gar reicher Mann sein! Als er hörte, wie gut der Franischko seine Waren geborgen hatte und wie ihn allein die Furcht vor seinem Majster noch quälte, da gab ihm der bleiche Mann, ohne mit der Wimper zu zucken, eine große, große Summe Geldes, ganze fünf Gulden, ebensoviel, vielleicht noch mehr, als die schwerste Warenlast Franischkos wert war.

Am nächsten Morgen mußte Franischko aufbrechen. Der Lehrer war in der Schule beschäftigt und konnte darum nicht Abschied nehmen.

Franischko war in jener tollen Nacht wohl recht sehr irre gegangen, denn die Hauptstadt war, wie der Lehrer ihm gesagt hatte, nur etwa zehn Stunden entfernt. Auch erkannte Franischko die Landschaft nicht wieder, durch welche er jetzt nach Anweisung seines Wohltäters schweren Herzens wanderte. Erst nachmittags, als die zahlreichen Gemüsefelder schon die Nähe der großen Stadt verrieten, erkannte der müde Knabe das Plateau wieder, auf welchem ihn der Wald aufgenommen hatte. Und nun fand er auch nach kurzer Zeit das einsame Haus, dessen gutherzigen Bewohnern er seine Ware übergeben hatte.

Als er auf das Gebäude zu schritt, sah eben – von Franischko nicht bemerkt – der Wirt zum Fenster hinaus. Kaum hatte er den Slowakenjungen erblickt, schloß er das Fenster, rief seine Frau und zog sich mit ihr in die Stube zurück.

Als Franischko bei der Haustür anlangte, empfing ihn ein fremder junger Mann mit höhnischlachendem Gesicht und fragte nach seinem Begehr. Franischko erzählte, daß er die Waren hier zurückgelassen habe und nun abholen wolle. Pamboschko na nebi, liebes Gott im Himmel werde den braven Vaterle und Mutterle lohnen!

»Dann hat er ihnen wohl schon alles gelohnt!« antwortete der Mann. »Du meinst wohl den früheren Wirt und seine Frau. Die sind vor vierzehn Tagen beide gestorben.« Franischko erschrak heftig und fragte eifrig nach seinen Waren.

»Ich weiß von nichts«, lautete die rauhe Antwort. »Die Verwandten des früheren Wirtes sind gekommen und haben alles fortgenommen, wahrscheinlich auch dein Blechzeug. Sie sind seitdem mit allem Hab und Gut nach Amerika ausgewandert. Und jetzt schau, daß du fortkommst, Mausiratzenfaller, sonst hetz’ ich die Hunde.«

Franischko schlich sich betrübt davon. Der Verlust seiner Waren war zu ertragen, denn seinem Majster war das Geld des Lehrers gewiß noch lieber. Doch der Tod der braven Menschen hatte ihn geschmerzt. Langsam ging Franischko ins Dorf zurück, trat in die Kirche und betete ein Vaterunser für die Verstorbenen, welche ihn in seiner Not unterstützt hatten. Dann nahm er beruhigt seinen Weg auf.

Als er bei dem Wirtshause wieder vorüberkam, glaubte er den Wirt und seine Frau, oder vielmehr ihre abgeschiedenen Seelen am Fenster lachen zu sehen. Sie freuten sich im Himmel gewiß über sein Gebet. Franischko schlug ein Kreuz und schritt eiliger der Stadt entgegen.

Wie der Franischko das Schreiben lernte

Frühmorgens, um fünf, um vier Uhr, wenn die Bewohner Berlins ihren tiefsten Schlaf schlafen, wandern alltäglich die schwerbeladenen Slowakenjungen durch öde Straßen der Hauptstadt. Draußen hinter Rixdorf, in den elenden Kellern baufälliger Häuser, haben sie für die Nacht eine Unterkunft gefunden. Ihr Majster gibt ihnen wohl des Abends ein Stück trockenen Brotes und des Morgens einen ziemlich braunen und warmen Abguß irgendwelchen Wurzelwerks, dann aber müssen sie hinein in die Stadt, müssen da von Haus zu Haus ziehen, ihre Blech-und Drahtwaren anbieten, alle Treppen steigen, die drohenden Blicke der Polizeibeamten, die Scheltworte der Dienstmädchen, die Püffe der Straßenjungen ertragen, müssen in der fremden Sprache feilschen und betteln, müssen wandern Sommer und Winter von früh bis spät und müssen froh sein, wenn des Abends der Erlös nicht gar zu klein ist. Der strenge Majster könnte sonst wohl zornig werden.

Wir erkennen den kleinen Franischko. Er hat schon öfter auch an unserer Tür gestanden und er ist von seinen Kameraden leicht zu unterscheiden. Wohl kennzeichnen auch bei ihm die vollen Lippen, der breite Mund, die stumpfe Nase, das straffe Haar den Slowaken. Doch das kindliche Gesicht wird gefällig, ja in manchen Augenblicken schön durch die großen dunklen Augen, welche unaussprechlich traurig und sehnsuchtsvoll in die Welt hinausschauen.

Ja, wenn es schon Winter wäre! Dann ist es zwar bitter kalt in den schlechtgeflickten Lumpen, die ihn kleiden sollen, aber dann ist der Frühling nicht mehr weit, und im Frühling, zu Ostern, da ist alles Weh der Welt vergessen, da kehrt er heim zu seiner Mamka nach Trenschin; er bringt dem Tatko viel, sehr viel Geld, vielleicht achtzig Gulden mit, und zu Hause darf er dann wochenlang ausruhen, die warmen Suppen der Mamka essen und die mißhandelten Füße ausheilen lassen. Und wenn das Glück gut will, so nimmt auch im nächsten Frühjahr der Nachbar Mischo ihn mit zu den Pferden und der Franischko wird sich auf den Pferderücken schwingen und auf dem Füllen sich über die Weide tummeln, wie die schnellste Welle der Bistricza durch die Stromschnellen jagt.

Und der Winter kam. Ein grimmiger Winter, so daß im Keller beim Majster, wo doch dreizehn Slowaken im engsten Raume gar warm beieinander lagen, das Wasser im Eimer erfror. Mit starren Gliedern langte der arme Franischko mehr als einmal in der Stadt an und gelähmt, weinend vor Hunger und Frost, kehrte er abends zurück. Er glaubte schon, er werde die künftigen Ostern nicht mehr erleben. Da fand er ganz unerwartete Hilfe.

So stellte sich Franischko fortan die Engel im Himmel vor, wie die junge Dame aussah, die ihm eines Tages einen Topf voll köstlicher heißer Suppe reichte und ihm erlaubte, täglich wieder zu kommen und sich in dem warmen Korridor zu beleben. Die Mutter dieser Dame war gewiß auch eine gute Frau, denn sie fragte oft, ob Franischko auch satt sei oder ob er noch etwas wolle, und ließ ihm bald gebratenes Fleisch, bald ein prächtiges, fettes Gemüse hinausschaffen. Aber wenn die Tochter nur an ihm vorüberstreifte und ihn mit ihren klaren Augen mitleidig ansah, dann war das noch viel mehr wert, als das schönste Rindfleisch. Und Rindfleisch war doch ein Leckerbissen, den der Franischko das letztemal vor nun drei Jahren zu kosten bekommen, als die Mamka im kleinen Lotto gewonnen hatte.

Jetzt begann ein neues Leben für Franischko. Vor dem Schlafengehen sprach er immer noch ein Vaterunser. Er wußte schon für wen. Des Morgens eilte er allen Kameraden voran, um bald in der Nähe des stattlichen Hauses zu sein, welches sein guter Engel bewohnte.

Franischko merkte zwar weder den Namen der Straße noch die Nummer des Hauses, denn er konnte nicht lesen, aber er wußte es dennoch genau zu finden. Wenn man von den äußeren Straßen über die schöne neue Brücke hinweg auf den großen Platz kam, so führte von dort aus die lange, fürchterlich lange Straße mit ihren dreihundert hohen Häusern durch die ganze Stadt. Aber in dieser Straße, in welcher mehr Menschen zu wohnen schienen, als im ganzen Trenschiner Komitat, gab es nur ein Fenster, hinter welchem ein rotgrüner Papagei »Marie« schrie. Hinter diesem Fenster, in einem niedrigen, aber mächtig breiten Hause, wohnte sein guter Engel.

Das mußte wohl eines der ältesten Häuser der langen Straße sein, denn es war darin nicht so abscheulich eng und unheimlich, wie in den turmhohen neuen Gebäuden. Es wohnten auch nicht so vielerlei Leute zusammen, von denen immer eine Partei den Franischko fortjagte, wenn die andere ihm was Gutes gönnen wollte. Schon die Treppen waren einladend breit. Und der Knabe durfte bis in das erste, lichte Vorzimmer eindringen. Sein Plätzchen war zwischen den hohen Schränken dicht beim Fenster, von wo aus man auf den Hof und bis in den Garten blicken konnte.

Dieses große Vorzimmer, in welchem Franischko jetzt täglich beinahe eine Stunde zubrachte, wurde für den armen Knaben eine neue Welt, von deren Herrlichkeiten er früher nur wenig geträumt hatte. Der schöne Engel selbst – Franischko erlauschte bald so viel, daß er Marie hieß – ließ sich häufig sehen und erwiderte freundlich den demütigen Segensruf des Knaben. So schön wie sie war keine der Heiligen in der Kirche von Trenschin. Und da der liebe Gott sie schöner gemacht hatte als alle Heiligen des heimischen Himmels, so war es gewiß kein Unrecht, daß der arme Franischko sich gewöhnte, sie mit einigen Worten seiner Muttersprache zu begrüßen, die nichts anderes bedeuteten als: »Heilige Marischa, bitt' für mich armen Sünder.«

Während Franischko in seiner Ecke sich für die empfangene Wohltat dankbar erwies, indem er bald einen schadhaften Topf kittete, bald die Blechgeräte der Küche ausbesserte, achtete er aufmerksam auf alles, was um ihn her vorging. Es gingen sehr viele Leute aus und ein, und nicht alle gefielen dem Knaben. Er glaubte sogar zu bemerken, daß auch in den Augen der gütigen Marie nicht einer dem anderen gleich sei, ja er fühlte es in seinem unerfahrenen Herzen, daß Marischa nicht recht zufrieden sei mit jedem der Besucher. Da war vor allem ein langer, schwarzhaariger Offizier, den Marischa gewiß nicht gern hatte, denn sie log sogar manches Mal, wenn er kam, und ließ sagen, daß sie nicht zu Hause sei. Und lügen darf man doch nur in der größten Lebensgefahr, hatte die Mamka den Knaben gelehrt.

Franischko gewann allmählich immer mehr die Überzeugung, daß der schwarze Offizier ein Feind der schönen Marischa wäre. Am Ende wollte er sie gar umbringen!

Im Hause seiner Beschützerin und ferne von ihr, auf den Straßen und zu Hause im dumpfen Keller dachte Franischko bald an nichts anderes, als wie er der schönen Marischa vergelten und sie vor dem drohenden Verderben retten könnte. Langsam reifte in seinem Kopfe ein Plan, der zwar sicherlich zum Ziele führten müßte, aber nicht ohne Schwierigkeit ins Werk zu setzen war.

Franischko wollte der schönen Marischa das geheimnisvolle C†M†B† auf ihre Stubentür malen, wie daheim der Herr Pfarrer es unter Gebeten auf Haustür und Stalltür schrieb zum Schutze gegen böse Mächte. Das Mittel war ebenso unfehlbar wie das Wort Gottes. Der Pfarrer hatte es der Mamka ausdrücklich gesagt. Nur schade, daß Franischko nicht schreiben konnte.

Nicht als ob Franischko keine Schule besucht hätte. Oh, darauf hielt der Ortsvorsteher daheim sehr genau. Aber es war eigentümlich gegangen mit dem Unterricht, den Franischko empfing. Sein erster Lehrer war ein Deutscher, ein guter Mann, der nur selten prügelte, den aber der Knabe nicht verstand. Trotzdem lernte Franischko recht viel bei ihm. Er konnte nach einem Jahr drei deutsche Gebete auswendig hersagen und wußte das große A sehr zierlich zu zeichnen. Als er zum großen B übergehen sollte, saß plötzlich ein anderer Lehrer an Stelle des deutschen, ein slowakischer Landsmann Franischkos, der ein halbes Jahr im Amte blieb, gar nicht streng war, und bei welchem Franischko das große A mit einem andern Schnörkel übte und das Vaterunser auf slowakisch auswendig lernte. Eines Tages war aber auch dieser Lehrer verschwunden und ein Ungar bemächtigte sich der Schulstube. Als dieser anfing, das große A mit einem noch schöneren Schnörkel zu lehren, das Vaterunser in ungarischer Sprache ein-zuüben, und die kleinen slowakischen Jungen mit seinem Haselstock systematisch bearbeitete, gaben die Knaben endlich ihre Lernversuche auf. Der Tatko erklärte, Franischko habe mit dem großen A allein schon sechs Schreibbogen verdorben, man verdiene nicht so viel Geld, um Papier für alle übrigen Buchstaben anschaffen zu können.

So war Franischko wieder aus der Schule gekommen. Nur unklar verfolgte ihn noch das große A wie eine Ahnung höherer Freuden, und wenn der arme, in die Fremde hinausgestoßene Knabe einmal so recht die Sehnsucht nach Heimat, nach Liebe, nach Ruhe im Herzen nagen fühlte, so fand man ihn wohl draußen hinter der Kellerwohnung des Majsters im Winkel sitzen, von wo er die Figur des großen A in den wechselnden Gestalten der Wolken suchte.

Jetzt aber brauchte er weitere, praktischere Kenntnisse.

Unter den Slowaken der Kolonie befand sich auch ein älterer Mann, ein halber Zigeuner, der rote Schtschefan, der zu zaubern verstand und auch schreiben konnte. Diesen ging Franischko mit der Bitte an, ihn die Buchstaben C, M und B zu lehren. Die Kreuze dahinter verstand er ohne Lehrer zu malen.

Schtschefan willigte ein und bedang sich nur aus, daß er für seine Mühe von Franischko während der ganzen Dauer der Lehrzeit dessen Abendbrot erhalte. Freudig ging Franischko auf diesen Vorschlag ein, und schon am folgenden Tage begann der Unterricht. Bevor die anderen aufbrachen, schlich sich Franischko zu seinem Lehrer. Die Wand des Hauses ersetzte eine Tafel, ein Stückchen Kreide oder Kalk war bald erbeutet. Mit Hilfe solcher Schreibgeräte erfüllte Schtschefan nicht ohne Kopfschütteln den Wunsch des Knaben, und in den folgenden Tagen konnten die Marktfrauen, welche gleichzeitig mit den Slowakenjungen zur Stadt kamen, bemerken, wie einer der Knaben nachdenklich, langsamer als die anderen des Weges kam, zu öfteren Malen stehenblieb, sich bückte und mit ausgestrecktem Zeigefinger oder mit einem Blechlöffel seltsame Zeichen in den feuchten Sand der Heide grub.

Inzwischen hörte Franischko nicht auf, von seinem Lauscherwinkelchen aus die Leute zu beobachten, welche der gütigen Marischa nahten. Die meisten gingen stolz an dem verachteten Knaben vorbei, als ob er nicht mehr als eine der Dielen des Bodens gewesen wäre. Sie hätten ihn vielleicht getreten, wenn er nicht abseits von ihrem Wege gesessen hätte.

Aber der Slowakenjunge vermochte von seinem Posten aus den Vorübergehenden tiefer ins Herz zu blicken als irgendeiner dachte. Er hatte freilich damit eine trübe Erfahrung gemacht. Während die Leute im Vorzimmer standen und den dichten, ach so warmen Winterrock ablegten, veränderten sich regelmäßig allmählich ihre Mienen, als ob sie nun Masken aufgesetzt hätten. Anfangs glaubte Franischko diese Veränderungen dem Glücke zuschreiben zu müssen, das ein jeder empfand, der mit der gütigen Marischa in deren Sprache reden durfte. Dann sah er aber, daß diese Leute ihr Lächeln immer aufsetzten, wenn sie gesehen wurden, auch wenn nur die Mutter oder das Dienstmädchen ins Vorzimmer heraustrat. Da merkte der kleine Franischko, daß außer ihm kein Mensch das wahre Gesicht der Leute schaute und daß es doch auch sein Gutes hätte, übersehen zu werden.

Außer dem schwarzen Offizier war es noch ein Mann, der Franischkos Neugier besonders lebhaft reizte. Es war ein noch junger Herr mit dunkelblondem Haupthaar und Vollbart, der in einem schlichten schwarzen Rock täglich zu derselben Zeit erschien und im Zimmer Marischas verschwand. Dann führten die beiden stets eine heilige Musik auf, so schön, so schön, wie von hundert Glocken, daß selbst die wunderbare Musik, welche Franischko einmal in der Mitternachtsmesse zu Weihnachten in einem katholischen Dom gehört hatte, wie eitel Vorbereitung dafür anzuhören gewesen wäre. Während die beiden musizierten, hätte der kleine Lauscher auch mit dem Papste nicht getauscht. Manches Mal schlugen die Töne zwar durcheinander auf ihn los, wie Hagelkörner im Donnerwetter. Dann aber wurde es plötzlich gar friedlich und es war als ob zwei Glocken miteinander sängen.

Franischko nahm an, daß die lieblichen hellen Töne von der gütigen Marischa, die tiefen Bässe von dem blonden Herrn gespielt wurden.

Auch dieser Blonde – den »Professor« hörte Franischko ihn nennen – veränderte sein Gesicht ein wenig, bevor er die Tür zu Marischas Zimmer öffnete. Aber die Veränderung war eine ganz andere, eine viel hübschere, als bei den übrigen. Da kam zum Beispiel mitunter ein alter Herr, er wurde Onkel genannt, der gähnte im Vorzimmer verdrießlich und trat dann freundlich lächelnd ein. Ein anderer zog gar den Taschenspiegel hervor und legte vor demselben sein Gesicht so zurecht, als wolle er vor Marischa eine geweihte Kerze anzünden. Ein dritter zwirbelte immer erst an seinem Schnurrbart und streckte seinen Rock zurecht. Kurz, Franischko bemerkte, wie ein jeder es sich angelegen sein ließ, in die Wohnung hübscher einzutreten, als er einen Augenblick früher im Vorzimmer erschienen war.

Nur der blonde Herr machte es umgekehrt. Wenn dieser das Vorzimmer betrat, so glänzte es aus seinen Augen wie stille Andacht, seine Wangen waren leise gerötet, sein Gang war rasch, beinahe lustig. Hier hielt er aber ein Weilchen inne, die Züge wurden ruhiger, die Augenlider senkten sich ein wenig, ernst und ruhig trat er in Marischas Zimmer ein und Franischko konnte noch hören, wie er sie ruhig mit eintöniger Stimme begrüßte. Wenn die beiden aber genug Engelsmusik gespielt hatten und der blonde Herr wieder fortging, dann leuchtete es aus seinen Augen wieder wie Sonnenschein. Da lachte Franischko bei sich und dachte: Das ist einer wie ich; der möchte vor Freude darüber, daß sie auf der Welt ist, für Marischa sterben, aber sagen tut er ihr's auch nicht.

Und darum haßte Franischko den schwarzen Offizier so sehr, weil dieser die schöne Herrin mehr belog, als alle anderen zusammen. Auch dieser kam nämlich häufig, brachte riesige Papierdüten mit Blumen mit und störte mitunter die Musik, daß ihn der Franischko vor Zorn darüber am liebsten mit seinem Drahte am Treppengeländer festgeschnürt hätte. Wenn dieser Mann ins Vorzimmer trat, war er anzuschauen wie der böse Teufel. Mit jedem Schritte aber schien er fröhlicher zu werden, und wenn er in Franischkos Heiligtum, das Zimmer Marischas, eintreten wollte, so machte er das lustigste Gesicht. Aber der Teufel saß noch immer mitten inne. Nach Franischko hatte der schwarze Offizier einmal mit der Reitpeitsche geschlagen, als er ihn auf der Treppe traf, und auch das Dienstmädchen, wenn es in seine Nähe kam, kniff der schlechte Mensch heimlich oft so sehr, daß sie gewiß kaum einen Aufschrei unterdrücken konnte.

Täglich sah Franischko deutlicher, daß dieser Offizier der Todfeind Marischas sei. Als er aber gar ein großes Geheimnis entdeckte, daß nämlich der Schwarze mit einer Hexe verkehrte und mit ihr Anschläge gegen Marischa schmiedete, da wuchs seine Angst um die gütige Herrin aufs höchste.

Immer emsiger bemühte er sich nun bei seinen Schreibübungen. Schon waren fast vier Wochen vergangen und Franischko konnte sich erst auf sein C und M mit Sicherheit verlassen. Das B war noch nicht bestimmt vom C zu unterscheiden. Auch der blonde Herr mochte ein Vorgefühl kommenden Unglücks empfinden. Er war seit einiger Zeit traurig geworden und auch die Musik, welcher Franischko nach wie vor mit seligem Entzücken lauschte, war einigemal recht traurig. Und das Lächeln des Offiziers wurde allgemach so frech, daß es dem Franischko weh tat.

Eines Tages erschien der Offizier inmitten eines schönen Liedes, welches die beiden Glocken sangen. Er war viel glänzender gekleidet als sonst; die Papierdüte mit Blumen war auch übermäßig groß und sein Gesicht schien zu sagen: »Ihr sollt mir zum letztenmal zusammen gespielt haben.« Marischa und der Professor unterbrachen sich sonst nicht gleich, wenn der Offizier eintrat. Heute aber schienen sie beide peinlich überrascht zu sein, denn die Glocken hörten plötzlich auf zu spielen, als hätten sie Risse bekommen. Nach einer kleinen Weile ging der Professor vor der Zeit hinweg; er sah bleich und zerstreut aus und überhörte zum ersten Male den Gruß des Knaben.

Der Offizier blieb nicht sehr lange. Als er ging und Franischko in seinem Gesichte lesen konnte – was stand da nicht alles!

»Auf morgen also!« hatte die Mutter ihm nachgerufen und »Auf morgen!« wiederholte jetzt der Offizier, indem er der Frau eine Kußhand zuwarf. Aber wie sah sein Gesicht einen Augenblick später aus! Siegeshoffnung war darauf zu lesen und doch zugleich Scham und Ärger. Wie ein böser Jäger sah der Offizier aus, der die Beute gesichert glaubt, und hämisch zusieht, während das Tier den letzten Kampf gegen die Meute wagt. Franischko begann zu zittern, als er allein war. Jetzt konnte er nicht länger warten, jetzt war Marischa in großer Gefahr und es war die höchste Zeit, daß der kluge Franischko sie durch seine Zauberzeichen schützte. Heute noch!

Alle Zaghaftigkeit war verschwunden. Eilig kehrte Franischko mit seinen Waren nach Hause zurück, ließ sich da von Schtschefan das große B noch ein letztes Mal vormachen, übte es einige Stunden lang und kehrte dann mit einem großen Stück Kreide nach dem Hause in der langen Straße zurück.

Hier achtete seiner niemand, als er in der frühen Dämmerung seinen gewohnten Platz im Vorzimmer einnahm. Damit er aber von allen unentdeckt bliebe, versteckte er sich hinter den großen Schrank, hinter welchem er schon oft, ungestört von den Leuten, die gingen und kamen, seine kleinen Mahlzeiten gehalten hatte.

Hier harrte er geduldig der Mitternachtsstunde, weil zu dieser Zeit der Zauber am kräftigsten war.

Es wurde allmählich stiller im Hause, die Lichter erloschen. Durch das hohe Fenster leuchtete der helle Schein von schneebedeckten Dächern herein und ließ deutlich die braune Tür erkennen, hinter welcher die gütige Marischa wohnte. Aber es schien, als ob Franischkos Geduld auf eine harte Probe gestellt werden sollte. Es wurde kühl, es wurde kalt in dem öden Raum, aber drinnen wollte das Gespräch zwischen Mutter und Tochter noch immer kein Ende nehmen.

Franischko schlich herzu, um die geweihte Stunde, welche die alte Uhr im Vorzimmer ihm angeben sollte, nicht zu versäumen. Nun hörte er die Gespräche zwischen den beiden Frauen, er verstand aber leider nicht so recht, was sie sagten.

»Sei vernünftig«, hörte er die Stimme der Mutter. »Du siehst, daß der Professor sich gar nicht um dich bewirbt; er fühlt den Abstand zwischen einer Tochter unseres Hauses und ihm. Das ist rechtschaffen von ihm. Überhaupt würde ich gegen den Professor gar nichts haben, wenn er eben unseresgleichen wäre. Du darfst nicht vergessen, daß es der Wunsch deines Vaters war, die beiden Linien des Hauses durch eure Heirat zu vereinigen. Wenn eure beiderseitigen Vermögen zusammen kommen; so werdet ihr reich sein. Was hast du überhaupt gegen Julius? Er ist hübsch, elegant, ein Kavalier...«

»Ich kann nicht, ich kann nicht, Mutter!« hörte Franischko die schöne Marischa bittend rufen, daß es ihm durch die Seele ging. »Ich kann nicht, Mutter. Wohl hat Hans noch nicht gesprochen und dennoch sind wir einig, schon lange einig.«

Nach einer kurzen Pause nahm die Mutter wieder das Wort.

»Ich will dich nicht überreden, Marie, vor allem will ich nichts übereilen. Es ist bald Mitternacht, beschlafe den Antrag. Gute Nacht!«

Dann war alles still.

Mit pochenden Schläfen stand Franischko an der Tür. Er glaubte, das Mädchen schwer atmen zu hören. Ängstlich begann er sieben Vaterunser für das Gelingen seines Werkes zu beten. Dann lauschte er wieder. Jetzt schlug es Mitternacht. Franischko zuckte zusammen, als sollte er entfliehen. Dann aber faßte er sich ein Herz, sprach ein kurzes Stoßgebet und ging an die Arbeit.

Auf den Fußspitzen stehend, hielt er sich mit der linken Hand am Pfosten fest, während die Rechte gewissenhaft die gelernten Schnörkel auf die Türfüllung malte. Es schien ihm unendlich lange zu währen. Er sah und hörte nichts mehr. Endlich war's vollbracht.

C†M†B†

stand deutlich in großen Zügen da und Franischko kam wieder zu sich.

Was war das? Weinte da nicht jemand? Wahrhaftig, man weinte drinnen; es war die schöne Marischa, die in ihrer Stube leise schluchzte, ganz leise, aber so wehvoll, als ginge es ans Leben.

Beim ersten Ton, den Franischko vernahm, liefen ihm schon die hellen Tränen über die Backen herunter. Als es ihm gar zum Bewußtsein kam, daß die schöne Marischa die Leidende war, da packte ihn ein wütender Schmerz, er stürzte nieder, warf das Gesicht auf die Schwelle und murmelte kaum verständlich unter ritterlichem Schluchzen: »Marischa, Marischa, nix wein! Armes Franischko stirb vor großer Schmerz, wann Marischa wein!«

Aber das Mädchen hörte nicht und immer herzbrechender tönte ihr leises Schluchzen zu ihm herüber. Da vergaß er, wer er war und wo er sich befand; er raffte sich auf, packte die Klinke, rüttelte heftig an der Tür und rief mit tränenerstickter Stimme: »Marischa nix wein! Pamboschko, liebes Gott ist schon auf das Tür.«

Zum Tode erschrocken rief das Mädchen: »Wer ist da?« und als nun auch schon die Mutter ängstlich herbeieilte, öffnete Marie beherzt die Tür.

Da Franischko seine Wohltäterin im weißen Gewande hoch aufgerichtet in der offenen Tür stehen sah, bedeckte er den Saum ihres Kleides mit Küssen und rief immer wieder: »Marischa, nix wein!«

Die Mutter hatte im ersten Schrecken nach der Klingel gegriffen. Das Mädchen aber bat, kein Aufsehen zu machen.

»Das arme Kind wollte gewiß nicht stehlen; es ist wohl in seinem Winkel eingeschlafen und mußte unfreiwillig bei uns über Nacht bleiben. Ist dem nicht so, Franischko?«

»Ise nix so«, antwortete Franischko mutig. »Hat armes Franischko wullt fortjagen Teuxel mit Pamboschko na nebi.«

Er deutete gleichzeitig auf die frischen Kreidestriche. Nun überwand die Neugier bald den Schrecken der Frauen. Franischko mußte in das Heiligtum eintreten – er rieb vorher heftig die nackten Sohlen an der Fußbürste – und sein seltsames Tun und Treiben erklären. Es dauerte lange, bevor die protestantisch erzogenen Frauen aus dem Kauderwälsch des Knaben seine Absicht begriffen.

Dann aber konnte sich selbst die Mutter nicht enthalten mit Liebe und Rührung auf den Knaben niederzublicken. »Also den Herrn Offizier hältst du für meinen Feind?« fragte Marie beinahe schelmisch.

»Franischko weiß ganz genau«, sagte der Knabe und erzählte, wie er immer aufmerken was für ein Gesicht die Leute im Vorzimmer machen. Franischko versuchte den Ausdruck zu schildern, den der Offizier mitunter annehme. Und da ihm dies mit Worten nicht gelang, so machte er plötzlich die Grimasse nach. Es war so viel Wahrheit in dem natürlichen Versuch, daß Marie laut auflachte. Dann schaute sie aber hilfeflehend auf ihre Mutter, welche kopfschüttelnd den Bericht angehört hatte.

»Franischko wissen noch was«, begann jetzt der Knabe geheimnisvoll. Er machte das Zeichen des Kreuzes, dann erzählte er: »Offizier lauft öfter zu alten Hexen. Ja, ise Hexe. Ise fruh, wann von mir Mausefallen kaufte, ise alte, graue und schrumplige, wie Mutterle hier. Dann hexte sie und kommt wieder, schön weiß und rot wie Fräule Marischa.«

Als die Frauen lachten, fuhr Franischko eifriger fort: »Weiß Franischko, daß nix gut dajtsch spricht. Aber kluge Auge! Kluge Ohre! Wu Ball war vor vierzehn Tag, hat Hexe wullt Fräule Marischa schlagen und Offizier hat gelacht, bitt' ich, hat gelacht.«

Die Frauen horchten auf. Vor vierzehn Tagen hatte ein Ballfest stattgefunden, bei dem auch Fräulein R..., eine stadtbekannte, nicht mehr ganz junge Dame, auf welche Franischkos Beschreibung nicht übel paßte, in einer auffallenden tiefroten Robe erschienen war und mit dem Leutnant viel getanzt hatte.

»Woher weißt du, daß sie mich schlagen wollte?«

»Hat Franischko gute Ohre. Hat Hexe geschrien, daß Offizier hat ihr gekauft etwas Rotes, weiß ich nix, ob Rober oder Rauber; aber Hexe will mit rotes Rauber Marischa schlagen. Hat gesagt« (und Franischko bemühte sich, die Stimme von Fräulein R... nachzuahmen): »Ist es lustik, Herr Lajtnant, daß zahlen mit ihrem Gelde Rauber, womit Frajlein Maari schlagen.«

»Und der Offizier?«

»Hat gelacht, bitt' ich, hat gelacht!«

Die beiden Frauen sprachen nicht mehr. Aber die Mutter ging auf Marien zu und küßte ihr innig die Stirn; sie lächelte und nickte wie im Einverständnis.

Franischko, dem das Weinen wieder nahe war, wurde nicht vergessen. Er erhielt ein Glas Wein und eine warme Decke und schlief den Rest der Nacht auf der Diele des Vorzimmers wie nie vorher in seinem Leben.

Mit den Ereignissen der folgenden Tage war Franischko gar wohl zufrieden.

Am Morgen kam der Offizier wieder, verließ aber schon nach wenigen Minuten grimmig das Haus; sein Gesicht sah zwar sehr böse aus, hatte aber keine Spur mehr von dem teuflischen Spotte, der den armen Franischko so sehr geängstigt hatte. Und dann kam der blonde Herr. Heute wurde gar nicht musiziert. Es wurde nur gesprochen. Aber dem kleinen Lauscher tat das gar nicht leid; denn plötzlich vernahm er einen frohen Ruf Marischas, der ihn sehr freute. Franischko ergriff auch zum Zeichen seiner Teilnahme den irdenen Topf, an dem er herumgebosselt hatte, und zerschmetterte ihn auf dem Boden.

Als dann Marie heraustrat und dem Knaben ihren blonden Bräutigam vorstellte, war der Professor darüber nicht wenig verwundert. Franischko lachte aber mit seinem ganzen Gesichte. Wenn's der Professor auch nicht wußte, sie waren doch gute Freunde. Sie hatten ja beide die schöne Marischa so lieb.

Wie der Franischko einen Juden bekehren wollte

Der kleine Franischko saß zusammengekauert im Winkel eines leeren Schuppens, in welchem er die Nacht zuzubringen gedachte. Hier hatte man vor einigen Jahren während einer Epidemie die Kranken des Dorfes untergebracht; seitdem war der Schuppen in Verruf und stand für jeden Landstreicher offen.

Der Slowake hatte die Augen bereits im Halbschlummer geschlossen, als die schiefe Tür langsam in ihren verrosteten Angeln gedreht wurde und ein langer Trödeljude, unter der Last seines Sackes gebückt, eintrat. Seufzend legte er seinen Sack zu Boden und wischte sich mit den schmierigen Händen den Schweiß von der Stirn. Da machte der Franischko eine Bewegung. Er hatte einen Juden erkannt und begann für sein junges Leben zu zittern. Er wußte, daß die Juden lange Messer bei sich führten, mit welchen sie ehrliche Christenkinder spießten; er hoffte aber, durch fünfmal fünf Stoßgebete zu seinem Namenspatron die Hilfe der Engel gegen den Unhold zu gewinnen.

Auch der Trödeljude fuhr zusammen, als er die Bewegung des Knaben vernahm. In der Dämmerung konnte er nur wenig erkennen, aber aus dem Klirren der Blechgeräte beim Vorüberstreifen, aus einer erhorchten Silbe des still geflüsterten Gebetes schloß er richtig, welcher Art der andere wäre. Gerechter Gott! dachte er. Was wird sagen mein Weib, wenn man wird finden morgen ihren Isaak in seinem Blute, was wird haben vergossen der gewaltige Krowat dort in der Ecke. Und wenn er sich sollte scheuen vor meinem Blut, so wird er doch vielleicht mich prügeln zu seinem Zeitvertreib und wird mir rauben das sauer verdiente Geld!

Aber mehrere Meilen in der Runde gab es für den ruhelosen Dorfgänger keinen anderen Zufluchtsort. Isaak beschloß auszuharren. Lauernd legte er sich zur freudlosen Rast auf den harten Boden nieder. Er ließ dem Schlaf keine Gewalt über sich und hielt die mißtrauischen Augen beständig gegen den unbekannten Feind gerichtet. Von dort her glänzten aus dem Dunkel die großen Augen des armen Franischko. Auch der Slowak wollte wachen und sein armes Leben nach Kräften gegen den schrecklichen Mann verteidigen. Bald jedoch verwirrten sich seine Gedanken. Er sah den Juden mit rotflammenden Augen auf sich zustürzen, fühlte seinen Hals von einem kalten Drahtseil umschnürt, hörte sein eigenes Todesröcheln und schlief unter solchen Vorstellungen ruhig ein.

Es war schon heller Morgen, die Sonne leuchtete durch zahlreiche Wandspalten und Dachlücken in den kahlen Schuppen und noch immer lauschte der alte Isaak auf die regelmäßigen Atemzüge seines Schlafgenossen. Er hatte bei Nacht in halbwachem Zustande die Geschäfte des letzten Tages und den bisherigen Gewinn der Woche nachgerechnet. Jetzt brach der Freitag an, und bevor die Sonne wieder unterging, durfte, ja mußte er zu Hause sein bei seinem Weib, bei seinen Kindern, um den Ruhetag zu feiern. Da rüttelte ein morgendlicher Windstoß an der Tür des Schuppens, ein Frösteln durchflog die hageren Glieder des Juden und er kam völlig zum Bewußtsein. Seine welken Lippen lächelten müde, als er die Jugend des Knaben bemerkte und an seine Furcht zurückdachte. Dann erhob er sich schwerfällig, um weiter zu wandern. Der kleine Franischko wachte auf, blickte schlaftrunken umher und warf einen scheuen Blick auf den Juden. Dann raffte er sein Blechzeug zusammen und eilte ohne Wort, ohne Gruß vorbei ins Freie hinaus. Mit langen gemessenen Schritten verfolgte Isaak denselben Weg, und so rasch auch der Slowakenjunge seine kleinen Beine setzte, immer war der Unchrist an seiner Seite. Freilich lag die ganze Breite der Landstraße zwischen ihnen. Rechts, am äußersten Rande des Straßengrabens schritt Isaak, links jenseits des Grabens, auf dem schmalen Feldrain, den kurzstämmigen Pflaumenbäumen geschickt ausweichend, lief der Slowak. Hier und da entdeckte dieser eine fast reife Pflaume, riß sie vom Zweige und verzehrte sie mit Behagen. Dann blickte Isaak jedesmal besorgt zurück, ob der Flurschütz nicht käme; denn er fürchtete, unschuldig mit verhaftet zu werden.

Die beiden Wanderer hatten sich allmählich aneinander gewöhnt, und hielten unwillkürlich zusammen. Der Franischko vergaß im hellen Sonnenschein seine ängstlichen Träume und freute sich, in dem grauen Juden etwas Lebendiges nahe zu haben. Und wenn der Wächter kam, schlug er vielleicht zuerst nach dem Juden und der Franischko hatte Zeit zu entlaufen. Isaak wiederum hatte mit dem Knaben seinen besonderen Plan. Sein Freund Schifferes hatte ihm gestern gegen eine alte Zeitung ein Paar Stiefel geschenkt. Die Stiefel bestanden zwar bloß aus einem sehr schadhaften Oberleder, die Sohlen waren völlig aufgebraucht, aber gerade darum hätten sie dem barfüßigen Knaben günstige Gelegenheit geboten, sich unvermerkt an das Stiefeltragen zu gewöhnen. Wenn der Slowake heute gute Geschäfte machte, wollte Isaak ihm das wertlose Leder schon aufreden. Und er schmunzelte vor sich hin.

Zweimal im Laufe des Vormittags kamen die beiden in ein Dorf und verloren einander aus dem Gesicht. Aber woher der Jude die Hunde am lautesten bellen hörte, dort bot wohl der Franischko seine Arbeit an, und wo der Bauer fluchte und schrie, da mußte wohl der Jude auf dem Hofe feilschen. Seltsam, seltsam. Es waren verschiedene Schimpfworte, mit denen der Franischko, der Mauseratzenfaller, der Krowat, der Dieb, und der Isaak, der Haderlump, der Brunnenvergifter, der Betrüger, gekränkt wurden. Aber dieselben Menschen waren es, die sie unbarmherzig von ihren Schwellen jagten, und dieselben Hunde waren es, die sie beim Eintritt ins Dorf mit ihrem Gekläff empfingen und noch weit über das letzte Haus hinaus begleiteten.

Als sie gegen Mittag das zweite Dorf verlassen hatten, wurden beide guter Dinge. Der Franischko hatte an die Pfarrersköchin zwei Mausefallen gut verkauft und der Jude fühlte schon die Nähe seines Hauses. Auch gedachte er, jetzt die alten Stiefel loszuwerden. Darum hielt er inne und reinigte seine eigenen Stiefel vom Straßenstaub, um den Slowaken darauf achten zu lassen, wie gut schöne schwarze Stiefel den Manne kleiden. Aber der Franischko verstand ihn nicht und lachte nur. Er war zutraulich geworden, seitdem eine große Dogge dem Juden nach den Beinen geschnappt hatte. Er ahmte, erst schüchtern, dann lauter, den Ruf des Dorfgängers nach. »Handeljüd!« schrie er in den heißen Sommertag hinaus, daß die schlafenden Vögel davon aufwachten. Isaak lächelte dazu und dachte: Soll er seinen Spott treiben mit mir. Hat er doch keine andere Freud, der arme Bettler.

Jetzt läutete es auf einem fernen Meierhofe zu Mittag. Hüben und drüben ließen sich die beiden am Wegrand nieder, um Rast zu halten und ihr Mahl einzunehmen. Und nun erfuhr der Franischko, warum die Rockschöße des Juden beim Marsche immer so schwer aufschlugen. Isaak holte aus der einen Tasche einen halben Laib Brot, aus der anderen einen Topf voll Käse hervor, öffnete sein Klappmesser und begann zu essen. Heute abend wird mein Weib mir was Besseres vorsetzen, dachte er.

Der Franischko schielte herüber und schüttelt sich vor Abscheu. Daran konnte man doch sehen, daß die Juden den Christen alles vergiften! Wozu hatten sie sonst ihre besonderen Speisegesetze? Und er brachte aus seiner Ledertasche ein Stück Speck hervor. Zwar war es heute Freitag und er durfte kein Fleisch essen. Aber die gute Mamka hatte ihm einst unter Tränen geraten, auch am Fasttag zu essen, was er bekäme; sie wollte schon die Sünden beim lieben Gott auf sich nehmen. Auch wußte ja der dumme Jude nicht, daß es unrecht war, und so aß der Slowake stillvergnügt seinen Speck, indem er denselben neckend dem Juden entgegenhielt. Isaak wandte sich ab, bemerkte aber trotzdem, daß dem Franischko das Brot fehlte. Er beschleunigte seine Mahlzeit, erhob sich und ließ, bevor er weiterschritt, eine tüchtige Schnitte Brotes säuberlich im Grase liegen. Der Franischko besann sich eine Weile. Dann fand er, daß der Jude im Grunde ein ganz guter Mann zu sein schien, dem man auch eine Freude machen könnte. Und er biß mit seinen blanken Zähnen ein.

Inzwischen bereitete sich am Himmel ein Gewitter vor. Noch lag eine trockene Schwüle auf der Landschaft, aber hinter ihnen im Osten verdüsterte sich der Horizont und kurze Wirbelwinde trieben dichten Straßenstaub in ihre Augen. Sie beschleunigten gleichmäßig ihren Schritt, um vor dem Losbruch ein Obdach zu finden. Noch drei Stunden mußten sie wandern, während das Gewölk sich schon bis über den Zenit hinaus verbreitete und ferne Donner mehr als einmal den kleinen Franischko aufschreien machten. Schon preßten sich schwere Tropfen in den dichten Staub der Straße und schlugen die Wangen der Wanderer, als sie ein Asyl erblickten. Auf dem mäßigen Hügel, über welchen die Straße führte, eine halbe Stunde vom Dorfe entfernt, stand neben einer mächtigen Linde eine Kapelle, wie sie in dieser Gegend nicht selten zu finden. Nur am Tage des Patrons, des heiligen Florian, wurde hier eine Andacht abgehalten. Sonst schloß ein festes eisernes Gitter den Innenraum ab. Fromme Seelen, die des Weges kamen, mußten sich begnügen, außerhalb des Gitters zu beten und etwa eine kleine Münze in die Kapelle hineinzuwerfen. Jetzt stand sie offen. Der Küster war offenbar beim Reinigen und Münzensammeln vom Ausbruch des Gewitters überrascht worden. Jetzt lag er ausgestreckt auf einer der drei Bänke.

Als Isaak vor dem Regen in die Kapelle flüchtete, sprang der Küster verblüfft auf seine Füße. Kaum hatte er jedoch einen Juden erkannt, als er ihn mit einer Flut von unflätigen Reden aus dem Tempelchen des heiligen Florian jagte. Während der Jude scheu unter die Linde schlich, welche doch einigen Schutz gewährte, kam auch der Franischko heran, schnitt dem Juden ein höhnisches Gesicht und trat in die Kapelle. Auch er wurde schlimm empfangen.

»Hinaus mit dir, verdammter Zigeunerbub'! Du stiehlst mir die Strümpfe aus den Stiefeln, wenn ich dich hier dulde. Die teuren Farben des heiligen Florian kannst du mit deinen Diebesfingern von den Wänden kratzen und die ganze Kapelle gar mit dir forttragen! Aber ein einziges Mal einen Kreuzer durchs Gitter zu werfen, das fällt dem Gesindel nicht ein. Hinaus mit euch!«

Und der Küster schloß das Gitter von innen und streckte sich wieder hin.

Der Franischko kam zum Juden unter die Linde. Der Donner rollte unaufhörlich. Ein schwerer, lauer Regen prasselte nieder. Isaak hatte trotz seiner tiefen Schwermut klüglich unter dem undurchdringlichsten Zweig des Baumes Posto gefaßt. Als nach einigen Minuten auf der entgegengesetzten Seite, wo der Franischko unterstand, der Regen durchzurinnen begann, rückte der Jude beiseite. Zögernd, widerwillig kam der Knabe näher. Jetzt konnte er ihn mit der Hand berühren und blickte erstaunt auf das kummervolle Antlitz des älteren Mannes. Ein tiefes Mitleid überkam ihn. Auch er, der Franischko, war ausgeschlossen worden. Aber bei ihm war nur die Armut schuld; wenn er einmal erst Geld hatte, ei, dann wollte er doch sehen, ob ihm jemand den Eintritt in ein Gotteshaus weigern konnte. Doch dieser arme Jude mußte zeitlebens auf solche Wohltat verzichten. Wer ihn hätte retten können.

Am Stamm der Linde hing unter Glas ein kleiner Farbendruck, ein Bildnis des heiligen Florian; davor stand der Betschemel. Der Franischko kniete nieder und hub an: »Dummes Mauschel, auf was bleiben Jüd, wenn wirst überall treten. Ise nix so schwer Christentum. Schau, Mauschel, mach selbiges Kreuz vor swaty Florian, wie Franischko und kannst kummen in Himmel un in Kapellen.« Und er machte das Zeichen des Kreuzes dem Juden vor.

»Wir haben ja alle dasselbe Kreuz«, sagte der weitgewanderte Jude in slowakischer Sprache vor sich hin. Er hatte in seinem Leben so vieles lernen müssen. Isaak hatte die Worte in einem fürchterlichen Jargon gesprochen, aber der Knabe verstand ihn doch und fuhr erregt in seiner Muttersprache fort: »Verfluchter Mauschel, schäme dich, daß du dich mir gleichstellen willst. Bin ich auch nur ein armer Drahtenbinder, so gehöre ich doch dem christlichen Volke der Slowaken an. Du aber bist aus der Hölle hergekommen, um uns zu bestehlen und zu vergiften.«

Isaak winkte gutmütig mit der Hand ab. Er hätte lächeln mögen über den Eifer des Kindes, aber tausend Kränkungen, tausend Beschimpfungen bis zu der letzten in der Kapelle fielen ihm bei dessen Worten ein. Er hätte lächeln mögen über den Hochmut des Betteljungen, aber das Mitleid desselben machte ihn traurig. Und der Franischko fuhr fort: »Schlage ein Kreuz, Mauschel, und bete zum heiligen Florian! Schau, Mauschel, ich habe ein gutes Herz und bin seit dem frühen Morgen neben dir hergegangen, ohne dir weh zu tun. Aber die anderen werden nicht aufhören, dich bis in dein Grab zu quälen, wenn du ein Jud' bleiben willst. Und in den Himmel kommst du auch nicht. Bleibst ewig auf der grünen Wiese mit den Heiden. Und wenn jetzt auf einmal dein Haus deiner Mamka über dem Kopf zu brennen anfängt, so wird der heilige Florian nicht löschen und deine Mamka wird zu Kohlen verbrennen. Schau, Mauschel, bete doch zum heiligen Florian!«

Und der Jude blickte wie verstört auf den eifervollen Knaben und er dachte an die Hütte drüben im Tal, wo sein Weib und seine Kinder ihn zum Ruhetag erwarteten, und dachte an alle Schmerzen seines Lebens. Dann sank er auf den roh gezimmerten Betstuhl hin, senkte sein Haupt und schluchzte, schluchzte, daß der Franischko anfänglich darüber erschrak. Dann dachte der Knabe aber, die Tränen wären bloß ein Zeichen der Reue über des Juden bisheriges Leben, und er blickte wohlgefällig auf sein Werk. So blieben sie noch lange zusammen, bis das Gewitter vorübergezogen war. Der Jude stand zerstreut auf, strich dem Knaben spöttisch lächelnd über das Haupt, nahm seine Last auf und schritt fürbaß der Heimat zu. Er eilte, vor Eintritt der Nacht zu den Seinen zu kommen. Als ob es sich von selbst verstände, folgte ihm der Knabe.

Wieder zogen sie schweigsam nebeneinander her. Nur daß der Franischko sich jetzt dicht zu dem Alten hielt und seine schönen Augen liebevoll auf ihn gerichtet hielt. Bevor der erste Stern am Himmel sichtbar war, hatten sie des Juden Ziel erreicht.

Draußen vor dem Mauteinnehmerhäuschen einer kleinen Stadt stand ein baufälliges Anwesen. Vor der Tür saßen vier Knaben und ein Mädchen; sie sprangen jubelnd auf, als sie den Vater erblickten, und liefen ihm entgegen. Isaak nahm das Mädchen bei der Hand und schritt eilig, von den Knaben gefolgt, dem Hause zu. Der kleine Franischko stand plötzlich allein und konnte nun auf einmal gar nicht begreifen, warum er den Juden bis hierher geleitet hatte. Aber neugierig war er doch, wie es wohl in dem Judenhaus aussehen möchte. Er stieg auf die Bank vor dem Fenster und lugte hinein. Da stand ein sauberer Tisch mit Geschirr und Backwerk bedeckt und eine stattliche Frau wirtschaftete umher. Die Kinder aber umringten den Vater, der eben bei der Arbeit war, seinen Sack auszuleeren. Der Franischko riß die Augen auf, als er sah, was alles aus der schwarzen Öffnung kam. Kleidungsstücke und Lebensmittel aller Art, Bücher und Kartenspiele, eine Zigarrenkiste, eine Lichtschere und ein Blumentopf. Es nahm kein Ende. Jeder einzelne Gegenstand wurde beiseite getan, dann verschwand der Alte im Nebenzimmer und Franischko hatte Zeit, die schönen weißen Kuchen auf dem Tische zu bewundern. Doch jetzt trat Isaak wieder herein – wenn das anders noch derselbe Jude war, der in der letzten Nacht vor dem kleinen Franischko gezittert hatte. Man hätte ihn in dieser glänzend weißen Wäsche, in seinem langen schwarzen Rocke nicht wiedererkannt.

Die Familie setzte sich um den Tisch, und Franischko sah sie die Lippen bewegen, hörte aber nicht sprechen. Und da glaubte er, daß sie alle drin seine Muttersprache redeten, wie auch ihre Gesichter ihm so altbekannt vorkamen. Es wurde ihm weich ums Herz und er rief herzlich ein »Gute Nacht!« in das Zimmer hinein.

Im Zimmer fuhren alle erschreckt von ihren Sitzen empor. Der Vater aber trat lächelnd heraus. Er hatte sich des Slowaken erinnert und kam, um nach seinem Begehr zu fragen.

Der Franischko nestelte lange an seiner Ledertasche herum. Endlich langte er ein kleines Blättchen mit dem Bildnis des heiligen Stephan hervor und gab es verschüchtert dem Juden. Und wieder zuckte es spöttisch um Isaaks welke Lippen; er gab das Bild zurück, weil es nicht für einen Juden tauge, und bot dem Knaben für seine gute Absicht eine warme Abendmahlzeit an. Franischko war's auch so zufrieden. Nur bat er sich aus, daß ihm gestattet würde, auf der Bank vor dem Hause zu essen.

Nach einer Weile brachte der Jude ein schönes Bratenstück heraus. In der anderen Hand hielt er ein zerrissenes paar Stiefel. Er war nahe daran gewesen, sie dem Slowaken zu schenken, aber –

»Ich hab' sie eingehandelt für Ware«, sagte er, »sollst du mir dafür auch nur geben Ware. Willst du mir geben für die schönen großen Stiefel, für beide, eine Mausefalle?«

Rasch war das Geschäft abgeschlossen und Franischko trug zur Erinnerung an die denkwürdige Bekanntschaft des alten Isaak von diesem Tag ab neben seiner Warenlast auch das alte Stiefelpaar auf der Schulter.

Wie man dem Franischko seinen Glauben nahm

Franischko liebte die Stadt. Waren die Menschen auch überall dieselben, auf dem Lande und in der Stadt gleich hart gegen den armen Slowakenjungen, so waren doch die städtischen Hunde nicht so bösartig wie die Kettenhunde auf den Dörfern. Auch biß der Wintersturm zwischen den hohen, schützenden Mauern in den engen, heimlichen Gäßchen Prags nicht so grimmig wie draußen auf freiem Felde. Franischko liebte die Stadt.

Und einen so herrlichen Morgen hatte er noch nicht erlebt, seitdem er ohne den Tatko auf der beschwerlichen Wanderschaft war und allein sein helles »Drahtowat!« erschallen ließ. –

Was heute morgen nur in der Luft liegen mag? Niemand geht geschäftig über die Straße; alle Leute blicken müßig darein. Und wie geputzt sie heute sind! Und wie gut! Er hat seit dem Aufstehen schon mehr an kleinen Geschenken erhalten, als der Erlös eines halben Tages für Mausefallen, Blechlöffel und geflickte Töpfe sonst auszumachen pflegt. Es ist heute freilich ein Sonntag, aber Franischko weiß nur zu sehr, daß die Menschen nicht an jedem Sonntage gut sind. Was das heute nur ist? Und der Himmel erst! Es ist zwar recht kalt in den geflickten Hosen, dem offenen Hemde, deren Größe nicht einmal für die vierzehn Jahre des Slowakenjungen ausreicht. Aber dabei ist es so frisch, wie ein sommerliches Bad in den bräunlichen Wellen der Bistricza.

Es ist dem guten Franischko so wohl ums Herz; er möchte der Mamka von seinem Reichtume mitteilen. Warum er nur heute so viel an die Mamka denken muß? – Auf einmal weiß er's. Zwei Knaben, wohl Franischkos Altersgenossen, gehen in Feiertagskleidern vorüber und beide halten – halten rotbemalte Eier in den Händen. Ostern! Ostern! Jetzt wußte er's. Ostern war's, und Franischko war nicht bei der Mamka, war fern, fern vom Hause und niemand da, um auch ihm bunte Eier zu schenken.

Franischko ging neidlos an den Herrlichkeiten der großen Stadt vorbei. Doch von diesen roten Eiern konnte er kein Auge abwenden. Die beiden Knaben wurden ängstlich, als sie den mit Fetzen bedeckten Slowakenjungen bemerkten, der ihnen mit gierigen Blicken unablässig folgte. Sie beschleunigten ihre kleinen Schritte, und so war bald das Ziel erreicht. Es war eine Kirche, aus welcher tiefe Orgelklänge hervortönten. Ja, das waren Osterklänge, nur noch reicher, freigebiger, als draußen auf dem Dorfe, fern in der Slowakei. Diese Stadtmenschen waren Christen – sie *konnten* ihm kein Ei verweigern!

Hei, wie lustig waren die Ostern zu Hause in Trenschin! Die Rute schwang der Franischko, sprang mit seinen jungen Gesellen auf die Hausmutter zu und schlug mit wilden Fäusten so lange auf die gutmütig sich sträubenden Hausgenossen los und sang so lange sein klagendes Osterliedchen, bis jeder der kleinen Stürmer sein Osterei davongetragen hatte.

Hier mußte er es kürzer machen, das sah er ein. Mit dem Rufe: »Bitt' ich Ei, junges Herr!« sprang er auf die Knaben los, die eben auf der obersten Stufe der Kirchentreppe ihre wohlgebürsteten Hüte abnahmen. Flehend streckte er dabei die Hand aus. Die Knaben verstanden die Bewegung falsch und riefen um Hilfe.

Franischko wußte, was ihm bevorstand. Was würde es ihm nützen, wenn er das Geschehene aufklären wollte; eine Tracht Prügel war ihm ja doch gewiß, und so lief er hinweg, was er nur laufen konnte. An der Kirchentür warnte indessen ein würdiger Mann die beiden weinenden Knaben vor Slowaken und anderen Vagabunden.

Als Franischko wieder zu sich selber kam, war es mit seiner Osterstimmung noch nicht vorbei. In die schöne Kirche mit der mächtigen Orgel getraute er sich nicht mehr zurück. Er hoffte, in dem hunderttürmigen Prag eine andere zu finden. Da drüben stand schon wieder eine Kirche, ein großes vergoldetes Kreuz auf dem First ließ sie als solche erkennen. Andächtig nahm Franischko den großen, schwarzbraunen Hut vom struppigen Kopfe und trat ein.

Was war das? Keine buntfarbigen Fenster, kein Heiligenbild, kein goldstrotzender Altar? Das konnte keine Kirche sein. Dicht beieinander standen die Reihen der Bänke; da saßen ernste Menschen, blickten in dicke Bücher und sangen zusammen. Auf erhöhtem Platz sah Franischko einen Geistlichen, neben ihm ein schwarzes Brett, auf dem allerlei wunderliche Zeichen geschrieben standen. So stellte sich Franischko nach einer dunklen Ahnung eine vornehme Schule vor. Aber eine Kirche war das nicht. –

»Was willst du hier, mein Kind?« fragte ihn eine alte Dame, indem sie sich heimlich umsah, ob man es auch bemerkte, wie sie mit einem Betteljungen sprach.

»Hab' ich wullt in Kirchen, Babko, hab' ich nix wullt in Schulen.«

»Du bist wohl katholisch, mein Kind«, sagte die Dame überlegen lächelnd. »Hier beten nur protestantische Christen. Geh, kaufe dir etwas!«

Sie ließ ihm eine kleine Silbermünze in das schwielige Händchen fallen. Das Geldstück freute den Franischko. Aber der Gedanke, daß es Christen gäbe, die anders beten durften als er, quälte ihn. Hatte ihm doch die Mamka immer gesagt: alle Leute kämen in die brennheiße Hölle, die nicht genau ebenso zu Pamboschko beteten wie die Gemeinde von Trenschin.

Immer inbrünstiger sehnte sich Franischko nach dem Gebet in einer Kirche. Er mußte Ostern feiern und für die Mamka beten, und nun auch für die armen Seelen, die nur »protestantische Christen« waren. Sinnend wanderte er weiter; seine großen Augen schickten zum ersten Male ernsthafte Fragen zum Himmel empor.

Er kam vor ein großes Gebäude, das sah wieder aus, wie ein Gotteshaus. Durch hohe Fenster schimmerte der Schein zahlloser Flämmchen; drinnen tönte seltsamer, vielstimmiger Gesang. Ein goldener Zierat, wie zum Spiele verschlungene Kreuze anzusehen, schmückte das Dach. Der Gottesdienst mußte eben erst begonnen haben, denn eilig kamen noch verspätete Beter herbei, feingekleidete Herren, welche im Gehen laut und eifrig miteinander stritten, schöne, schwarzäugige Frauen in schweren seidenen Gewändern. Reiches Goldgeschmeide glitzerte vor Franischkos Augen. Er faßte endlich Mut, einen minder gut gekleideten Mann anzusprechen.

»Ise sich Pamboschko da drinnen?«

»Was soll da drinnen sein?«

»Bitt' ich, frag' ich, ise sich liebes Gott da drinnen?«

Der Mann lachte, daß es dem Knaben weh tat.

»Das hab' ich bisher noch gar nicht gewußt, daß es auch jüdische Slowakenjungen gibt. Ja, kleiner Drahtenbinder, das hier ist zwar eine Synagoge, wo nur Juden beten. Wenn du auch beten willst, so komm nur mit! Es ist der letzte Festtag der jüdischen Ostern. Ostern ist Ostern. Komm!«

Franischko wich entsetzt zurück. Die Juden waren in seiner Vorstellung schwarze Teufel, welche am Sabbat Christenkinder aufspießten. Und diese Gottesmörder sahen nun aus wie andere Menschen auch, hatten goldene Ketten und eine Kirche und durften am Ostersonntag darin beten. Sollte die Mamka falsch berichtet sein oder gar ihn getäuscht haben?

Das waren heute schlimme, sehr schlimme Ostern. Von seiner Kirche hatte man ihn fortgescheucht, und er wollte doch beten. Sogar die Juden beten, und der Franischko sollte nicht beten? Ob das wohl ein und derselbe Pamboschko war, zu welchem er und die Juden beteten?

Planlos irrte er in der Stadt umher. Er kaufte von dem geschenkten Gelde zwei schöne, grün und gelbe Ostereier und aß sie auf. Aber helle Tränen liefen dabei über seine Backen; er wußte nicht warum. So gelangte er bis auf die alte »steinerne Brücke«. Unter ihm brauste die hoch angeschwollene Moldau in raschen Wirbeln dahin; dort glänzte das Kaiserschloß vom Hradschin herunter; darüber ragte der herrliche Dom empor. Ob dort wohl Christen oder Juden beteten?

Mitten auf der Brücke stockte Franischko. Neben ihm stand die Bildsäule des heiligen Johannes von Nepomuk. Fünf goldene Sterne glänzten im Kreise um den Kopf des Heiligen; fünf goldene Sterne in einer Marmorplatte luden am Brückenrande ein, die Symbole zu küssen.

»Heiliger Nepomuk, bitt' für mich armen Sünder!« hörte Franischko in diesem Augenblick einen Greis flüstern; eifrig sprach er nach: »Heiliges Nepomuk, bitt' ich armer Sünder«, und zögernd blieb er stehen. Ob es nicht am besten wäre, hier unter freiem Himmel zu beten? Zwischen den verschiedenen Kirchen konnte er sich nicht mehr zurechtfinden. Diesen Heiligen aber kannte er genau.

Da hörte er hinter sich reden. Ein älterer Herr sprach zu einigen jungen Leuten. Franischko begriff anfangs nicht, was der beredte Mann erklärte.

Da war von schweren Jahreszahlen, von Erzguß und von Künstlern die Rede. Dann nannte er den Namen des Heiligen. Der Knabe spitzte die Ohren.

»Was den Gegenstand dieses Werkes anbetrifft, meine Herren, so hat der Johannes von Nepomuk, der hierzulande als Heiliger angebetet wird – Sie sehen, meine Herren, mit welcher Schwärmerei dieser Slowakenjunge eben zu ihm aufschaut –, wahrscheinlich niemals gelebt. Wo sie jetzt Bildsäulen Johanns von Nepomuk erblicken, da standen vor dreihundert Jahren noch Erinnerungsbilder an den großen Ketzer Johannes Hus, den das Volk als seinen nationalen Helden liebte. Die katholische Geistlichkeit, der die Verehrung ihres verbrannten Opfers natürlich ein Dorn im Auge war, erfand den Johann von Nepomuk und setzte seine Statuen allmählich überall an Stelle deren von Johannes Hus. Der von Nepomuk hat nie auf Erden gelebt. Gehen wir weiter, meine Herren!«

Sie gingen weiter, und niemand achtete des armen Franischko, dem das Gebet auf der Lippe erstarrt war.

»Svaty Jano (der heilige Johann) hat nix gelebt auf Erden«, rief er entsetzt den Fremden nach, »jetzund is er nix im Himmel.«

Es trieb ihn aber unwiderstehlich, dem klugen Manne und seinen Hörern zu folgen, die so fürchterliche Dinge wußten. Er ging bescheiden nebenher und horchte gespannt auf jedes Wort. Unter dem Gewölbe des verwitterten Altstädter Brückenturmes hindurch kam er so auf einen blumengeschmückten Platz. Da stand auf hohem Sockel ein herrliches Bildwerk. Eine Krone ruhte auf dem Haupte, das von schönen Locken und einem dichten Barte eingefaßt war. Milde wohnte auf den Lippen. Ein langer Königsmantel floß in reichen Falten bis auf den Boden nieder. Ob das wohl der Herrgott war? Schon erklärte der kluge Mann: »Ihm verdanken wir alles, was Sie rings umher sehen, meine Herren. Ihm verdanken wir die Pracht der Paläste und Dome, die dort vom Hradschin auf uns herunterblicken, ihm diese unvergängliche Brücke, ihm die Schönheit dieser Stadt, ihm den Wohlstand...«

Verklärt blickte Franischko empor. Jetzt endlich hatte er seinen Pamboschko gefunden, dem er alles zu verdanken hatte. Fromm legte er die Hausierwaren auf den Boden, kniete daneben nieder und begann laut und innig ein Vaterunser zu beten.

Gelächter weckte ihn jäh aus seiner Andacht. Schnell hatten sich die Vorübergehenden um das betende Kind versammelt und bildeten einen dichten Kreis von Lustigen und Neugierigen.

Franischko stammelte: »Hab’ ich nix ‘tan! Hab’ ich wullt beten!«

Die Leute lachten noch lauter. Da flammte der Zorn im Knaben auf.

»Darf armes Franischko in Stadt nix bet’ ich zu seinem Pamboschko?« rief er mit Tränen der Wut im Auge.

Der beredte Mann, der alles wußte, näherte sich ihm.

»Du irrst, liebes Kind. Du betest hier vor einem Menschen und nicht vor einem Gotte. Dieses Denkmal ist für den guten Kaiser Karl den Vierten errichtet worden, der ein Mensch war wie du und ich.«

Franischko schlich hinweg. Bis zum Abend irrte er müßig in den Straßen umher, kein einziges Mal rief er mehr an diesem Tage sein »Drahtowat!« Es wollte ihm nicht aus dem Kopfe, daß dort ein Heiligenbild stand und daß der Heilige ein Mensch war wie der fremde Herr, der die fürchterlichen Dinge wußte, und wie er, der Franischko. Erst als es dunkel geworden, kehrte Franischko zu dem Bilde des Menschen zurück. Scheu blickte er um sich, als wollte er ein Verbrechen begehen. Dann lag er dort lange auf dem Boden und wollte weinen. Aber er konnte es nicht; er mußte über die Erlebnisse des Tages nachdenken.

Endlich erhob er sich und eilte, hart an den Brückenrand gedrückt, über die Brücke bis zum Heiligenbild. Dort schaute er sich noch einmal ängstlich um; dann fuhr er mit der Rechten unter sein Hemd und riß eine blecherne Denkmünze gewaltsam von der Schnur los. Es war der heilige Nepomuk, den ihm einst die Baba zum Schutze gegen Krankheit mit auf die Reise gegeben hatte. Mit starren, bösen Augen sah er den Heiligen an und warf mit raschem Schwunge die Münze über das Steingeländer hinaus in den Strom.

Eisig wehte die Nachtluft von Norden her und Frost durchschauerte den Knaben.

Wie der Franischko seine Weihnachten feierte

Zum dritten Male, seitdem Franischko das väterliche Haus verlassen, um in der weiten Welt sein bescheidenes Stückchen Brot zu finden, war der Winter ins Land gekommen. Zum dritten Male wurde das Weihnachtsfest gefeiert.

Franischko wurde von Tag zu Tag trauriger, wenn er an den heiligen Abend dachte. Diesen mit seinen Kameraden beim Majster zu verbringen, vermochte der kleine Franischko nach den Erfahrungen des letzten Weihnachtsabends nicht. Damals hatte der Majster allen ihre kleinen Ersparnisse abgenommen und dafür gestattet, den heiligen Abend im häuslichen Kreise bei üppigem Gelage zu verbringen. Da war es aber dem Franischko schlecht ergangen. Gegessen hatten sie allerdings gut in des Majsters Keller, das muß wahr sein. Aber nachher hatten sie schmutzige Lieder gesungen und dem sich sträubenden Franischko schrecklichen Branntwein in den Hals gegossen. Nein, lieber kam der Franischko den ganzen Tag und die ganze Christnacht nicht nach Hause, als daß er dort die Sünde und das Trinken lernte.

Hart war es freilich, daß in der ganzen großen Stadt niemand, niemand war, dem Knaben etwas zu Weihnachten zu schenken. Er verlangte ja nicht so reiche Gaben, wie die Mamka daheim durch geheimnisvolle Hilfe zu spenden wußte: ein halbes Schock Äpfel und ein ganzes Schock Nüsse – aber nach einem guten Menschenkind sehnte sich der Knabe, das ihm nur *einen* roten Apfel und zwei krachende Nüsse in die Tasche steckte und dazu sagte: Das hat dir das Christkindl gebracht.

Seine Wohltäterin vom vorigen Winter, die schöne gute Marischa, hätte wohl auch jetzt ihres kleinen Freundes nicht vergessen; aber die hatte ihren Geliebten geheiratet und war mit ihm und ihrer Mutter eines Tages aus dem großen Hause fortgezogen. Niemand hatte acht, dem Franischko den Weg zu der neuen Wohnung zu zeigen, und so kam es, daß der Knabe die schöne Marischa nicht wieder auffinden konnte. Nur noch ein einziges Mal war sie in einem offenen Wagen an ihm vorübergefahren; Franischko hatte sich sofort neben sie auf den Tritt geschwungen und hatte sie von hier aus überglücklich angelacht, trotzdem der Kutscher ihn zornig mit der Peitsche behandelte. Da ließ die schöne Marischa halten, reichte dem Knaben ein Geldstück und nannte ihm eine Straße und eine Hausnummer, wo er sie finden könnte. Ja, wer die Buchstaben und die Ziffern der Straßen zu lesen verstünde! Er sah Marischa nicht wieder.

Seit dem frühen Morgen schlenderte Franischko heute müßig in der unruhigen Stadt umher. Seinen Warenhaufen hatte er nur deshalb mitgenommen, weil er sich vor dem Majster fürchtete. Wer kaufte heute eine Mausefalle? Die unzähligen Händler, welche mit ihren Eß- und Spielwaren die Märkte besetzt hielten, betrachteten es auch als selbstverständlich, daß man heute nur für den Weihnachtsabend Einkäufe machte, und suchten sogar den armen Slowakenbuben als Käufer zu locken. Franischko verwahrte zwar einige Groschen in der Tasche, aber das war ja keine Weihnachtsfreude, wenn man sich selber beschenkte.

Wenn das Sehen das Schönste wäre, dann hätte Franischko allerdings einen Weihnachtstag erlebt, von dem sich zu Hause im Dorfe und in der Stadt Trenschin niemand etwas träumen ließ. Selbst der gelehrte Herr Pfarrer hätte nicht sagen können, wozu all die tausend Dinge zu brauchen waren. Und doch wurde alles, alles verkauft. Was doch die Kinder in der Stadt klug sein mußten!

Die erstaunlichsten, unerhörtesten Dinge nahmen sie mit Kennermiene in die Hand und hantierten mit ihnen wie mit Bachkieseln.

Da war unter anderem ein Stück zu sehen, welches Franischkos Neugierde ganz besonders spannte. Es war eine schöne blanke Mausefalle, in welcher eine kleine graue Maus ganz still hockte. Wenn die vornehmen Kinder die Mausefalle öffneten, blieb das Tier ruhig sitzen, ließ sich herausnehmen, streicheln und hin-und herwerfen, und wenn man es auf die Erde setzte, so lief es wohl schnurrend eine kleine Strecke weit, blieb dann aber stehen und ließ sich geduldig wieder in die Falle tun. Das wäre erst das rechte Vergnügen, für so künstliche Mäuse Fallen zu fertigen.

Wem von beiden der Franischko wohl selbst ähnlich ist? Dem künstlichen Tierchen oder dem lebendigen? Sein Majster hielt ihn wohl für so ein Ding aus Pappe, das er nach Gutdünken laufen ließ, so weit und so viel er wollte. Doch im Innern fühlte sich der Franischko auch so von sich selber bewegt, wie die lebendige Maus, und wäre am liebsten um sein armes Leben auf und davon gelaufen, weit weg, wo ihn der Majster nicht einholte. Aber der Franischko saß in der Falle. Und aus seinem eigenen jämmerlichen Zustande schloß er zurück auf den Kummer einer Maus, die sich eigentlich von selber bewegen konnte und doch gefangen saß. Da nahm der Franischko sich vor, von nun an in allen Mausefallen, die er verfertigte, einen der Drähte ganz lose zu lassen, damit die gefangenen Mäuse Gelegenheit hätten, wieder zu entschlüpfen. Das waren nun christliche und festliche Gedanken, aber sie konnten dem Franischko seinen Anteil an dem allgemeinen Weihnachtsglück nicht ersetzen. Er wäre beinahe wieder gern in den dunklen Keller seines Majsters zurückgekehrt, um nur nichts mehr von all den Herrlichkeiten sehen zu müssen, von welchen ihm doch nicht eine Nadel vom kleinsten Tannenbaum gehörte. Aber wie ein Zauber hielt ihn das Treiben der festlichen Menschen gebannt. Der Nachmittag war schon hereingebrochen, die Sonne senkte sich matt hinter den schneebedeckten Dächern, ein dünner Pulverschnee rieselte herab, das Gewoge auf den Straßen ließ aber noch immer nicht nach und noch immer gab es Neues und immer wieder Neues anzustaunen. Erst als es anfing dunkel zu werden und die Händler eiliger ihre Waren ausriefen und ihre niedrigsten Preise nannten, besann sich Franischko so recht auf das Leid, das ihn seit dem Morgen drückte. Er schlich sich traurig davon.

Die Verkäufer auf dem Markte, welche so viele Stunden fürs liebe Brot gefroren hatten, waren gewiß keine reichen Leute. Aber jetzt brachen sie ihre Buden ab, liefen mit ihrem Erlös nach Hause und feierten fröhlich ihren Weihnachtsabend. Sie waren fleißig gewesen, dafür wurden sie nun auch von alt und jung beschenkt. Und beschenkten zu Hause ihre eigenen Kinder. Ein Geschenk, ein Geschenk! und wäre es nur ein Flitter Goldpapier! Es tut heute so wohl, sich etwas schenken zu lassen.

Franischko war bis zu einer Brücke gelangt, welche über den Kanal führte. Da stand ein blasses frierendes Mädchen hinter einem Tischchen mit goldenen Schweinchen und Schäfchen und flehte die Vorübergehenden an, ihm doch ein Glückstier abzukaufen, damit es rechtzeitig zur Bescherung zu Hause wäre. Es war ein Bild des Jammers, wie das schlecht gekleidete Kind mit roten Augen von einem Bein aufs andere hüpfte, um sich zu wärmen, und dabei immer ungeduldiger nach dem Himmel blickte, der sich im Osten dunkler und dunkler färbte.

Doch Franischko wußte, daß es noch ärmere Kinder gab; das Mädchen mußte freilich seine Eltern ernähren helfen – und das tat weh im Winter –, aber dafür durfte es mit dem erworbenen Gelde zu seiner Mamka gehen und bekam am heutigen Abend etwas – etwas geschenkt.

Und nun war wie mit einem Überfall die Nacht hereingebrochen. Plötzlich verschwanden die eiligen Leute von den Straßen und das Glück begann in tausend und tausend Wohnungen hinter verschlossenen Türen umherzuhuschen. Nur das Elend war noch auf der Straße.

Und jetzt – drüben im großen Eckhause, oben, hinter dem zweiten Fenster – das erste Wachslicht am ersten Christbaum! Die Augen Franischkos schwammen in Tränen, es würgte etwas in seiner Kehle, aber er weinte noch nicht.

Das Mädchen mit den goldenen Schweinchen brach in lautes Schluchzen aus, als jetzt rechts und links die Fenster sich erleuchteten. Da merkte auch Franischko, wie traurig es auf der Straße wäre, und fing bitterlich zu weinen an. Das Mädchen hatte noch vier Schweinchen vor sich stehen und rief unaufhörlich: »Die letzten vier Schweinchen für fünf Dreier.«

Die beiden Kinder waren nicht allein. Ein großer Herr, den ein dicker, schwarzer Pelz bedeckte, stand auf der Brücke. Wie der Franischko die Augen sah, mit denen der Herr in die dunklen Fenster des nächsten Hauses starrte, da hatte er Mitleid mit den traurigen Augen. Wer mochte dem Herrn gestorben sein?

Da kam dem Franischko ein festesfroher Einfall. Er suchte fünfzehn Pfennige hervor, legte die vielen Kupferstückchen stumm dem Mädchen auf den Tisch und nahm dafür die goldenen Schweinchen an sich. Drei davon versenkte er in die Tiefe seines Quersackes, mit dem vierten

Schweinchen aber näherte er sich zuversichtlich dem Herrn, zupfte ihn am Pelz und sagte: »Da, gnädiges Herr, sull ich bringen guldnes Schweinchen vum Christkindl für gnädiges Herr.«

Mit diesen Worten drängte das Kind das Spielzeug in die Pelztasche des Herrn und wollte fortspringen. Der Fremde jedoch, der im ersten Augenblicke mit wirrer Miene aufgefahren war, hielt den Knaben fest und ließ sich von ihm seine wunderliche Tat erklären. Der Knabe konnte nichts anderes sagen, als daß der Herr sehr traurig ausgesehen habe, und daß alle Traurigkeit am Weihnachtsabend vorüber sei, wenn eine gute Seele einem etwas schenke.

»So hältst du es für den größten Schmerz, unbeschenkt zu bleiben, du glücklicher Knabe? Und ich – die Stube ist leer, das Fenster ist dunkel!«

»Bitt' ich, gnädiges Herr«, sagte Franischko schlau. »Ise sich viele Franischko auf Straßen, was haben große leere Taschen und haben Mamka und Tatko weit weg. Bitt' ich, gnädiges Herr, schenk mir auch was.«

Der Fremde schaute den Knaben mit bitterem Lächeln an, dann sagte er: »Geh mit!«

Während sie dem nahen Hause zuschritten, dachte der Fremde, wie es doch gut sei, daß der närrische Slowakenjunge ihn aus seinem düsteren Brüten herausgerissen habe. Einen hungernden Slowakenbuben zu beschenken, das könnte zwar das Verlorene nicht ersetzen, aber wenigstens wurde jemand beschenkt, wenn auch nur ein habgieriger schlauer Knabe. Und es sollte für diesen eine fröhliche Bescherung werden.

Der Franischko aber dachte zur selben Zeit: Das waren freilich nicht die rechten Weihnachten, wenn ihm so ein jämmerlicher, todtrauriger Herr etwas schenkte. Aber da der Herr sich danach sehnte, etwas zu schenken, so wird es ihm Freude machen. Und der Franischko wird schon lustig sein dem traurigen Herrn zuliebe.

Als der Fremde in seiner Stube Licht machte, vergaß freilich Franischko für ein Weilchen alles andere. Was waren da für Herrlichkeiten aufgehäuft! Es waren soviel Trompeter, Soldaten und Gummibälle da, daß in dem Berg von Herrlichkeiten die Äpfel, Nüsse, Pfefferkuchen gar nicht recht zur Geltung kamen. Mitten auf dem Tisch standen die Bilder einer jungen Frau und eines Kindes. Der Hausherr brachte sie mit einem letzten düsteren Blick ins Nebenzimmer, dann kam er mit einem bleibenden Lächeln herein, setzte sich mit Franischko an den Tisch und ließ ihn essen und trinken.

Dem guten Franischko war es anfangs nicht ganz geheuer unter all dieser Trauerherrlichkeit. Aber er faßte sich ein tapferes Herz, schmauste um so wackerer, je besser es ihm schmeckte, und wurde darüber allmählich so wirklich lustig und übermütig, daß er seinen Wirt durch slowakische Tänze und Lieder aus seiner Schwermut weckte, dann auf der Trompete blies, die Schaukelpferde versuchte und die Soldaten in Reih' und Glied aufstellte. Der Wirt sah lange teilnahmslos zu und lächelte nur oft dem wilden Knaben zu. Endlich aber machte ihm die Freude seines Gastes doch auch Spaß und er ertappte sich am Ende sogar auf einem guten Lachen.

Als der Diener, welchen der Hausherr für den Abend beurlaubt hatte, gegen Mitternacht nach Hause kam, war er aufs höchste überrascht, seinen Herrn und einen armen Slowakenjungen in behaglicher Weihnachtsstimmung anzutreffen.

Nun war es aber Zeit, schlafen zu gehen. Der Wirt begab sich mit einem herzlichen »Gute Nacht« in sein Schlafzimmer und wies dem Slowaken ein Sofa für die Nacht an. Am nächsten Morgen sollte der Diener den Knaben nach Hause bringen und ihm die hundert Geschenke tragen helfen; denn es verstand sich von selbst, daß die ganze Weihnachtsbescherung dem Franischko gehörte.

Franischko belastete lange mit zärtlichen Fingern den weichen Samt des Sofas. Dann kroch er auf die Erde herab, wickelte sich in den Teppich und schlief vergnügt ein. Der Morgen dämmerte kaum, als Franischko erwachte. Anfangs verwirrte ihn seine ungewohnte Umgebung; als er sich aber des gestrigen Abends vollständig erinnerte, legte sich ein breites Lächeln über seine Züge. Und damit er nicht laut auslachte, biß er gleich in den großen, gesprenkelten Apfel ein, von dem er die ganze Nacht geträumt hatte. Dann füllte er seine Taschen und den großen Quersack bis an den Rand mit den schönsten Äpfeln und Nüssen und trollte sich leise.

Im Vorzimmer traf er den schlaftrunkenen Diener. »Halt, Krowat«, rief dieser ihn mit einem groben Scherz an. »Wo hinaus? Was trägst du alles mit fort?«

»St!« machte Franischko, indem er mit der Hand schüttelnd dem Diener die lauten Reden wehrte. »St! Hat Franischko fuppt gnädiges Herr. Hat gnädiges Herr glaubt, daß schmeckte Franischko so gut wie bei Mutterle. War aber alles Fupperei. Bitt' ich, gute Fupperei! Hat gutes gnädiges Herr großmächtige Freude gehabt über lustiges Franischko.«

Wie der Franischko ins Gefängnis kam und es nicht wußte

Das war ein wunderlicher Apriltag, an welchem der Franischko wieder einmal glaubte, der Winter wäre gar für immer vorbei. Mochte auch von den nächsten Höhen noch der lichte Schnee herunterglänzen, was tat's? Die Sonne schien nun bereits am frühen Morgen so warm, daß es dem armen Slowakenbuben war, als würfe ihm die Mamka eine weiche saubere Halena um die Schulter. Freilich, ab und zu kam noch ein eisiger Windstoß vom Gebirge herüber, aber der böse Wind selber wurde allmählich warm unter der Frühlingssonne, und mit all seiner Bosheit vermochte er nicht, dem Franischko seinen Glauben an ein Winterende zu nehmen. Und alles Lebendige schien mit dem fröhlichen Knaben der Sonne entgegenzujubeln. Franischko jauchzte laut auf, als er an den Gesträuchen, welche die Straße zur Rechten und Linken begleiteten, die ersten grünen Keimblätter entdeckte. Plötzlich stutzte der Knabe, denn er sah, wie gefährlich der Glaube an den Frühling werden könne. Unter einem kahlen Apfelbäumchen lag regungslos ein kleiner Maikäfer, sein erster Maikäfer des Jahres. Franischko hob das Tierchen mitleidig auf und freute sich, als er ein wenig Leben zu fühlen glaubte. Er machte auf der Stelle die eifrigsten Versuche zur Wiedererweckung des kleinen Wesens. Er hauchte den Käfer mit seinem warmen Atem an, er streichelte ihm mit den Fingerspitzen die harten Flügeldecken, er verstand es sogar, ein weißgrünes Keimblättchen dem Käfer zwischen die beweglichen Freßwerkzeuge zu schieben. Da aber alles nicht gleich fruchten wollte, steckte der kleine Samariter endlich den voreiligen Käfer in die Tasche, um bei gelegener Zeit sein Rettungswerk fortzusetzen. Jetzt mußte er an die Arbeit gehen, wenn er bis zum Abend einen halben Gulden verdienen wollte.

In der kleinen Stadt, in welcher er jetzt auf Arbeit war – ihren Namen kannte der Slowakenjunge nicht –, bekam er freilich nicht so viel Almosen, wie in den großen Häuserwildnissen, in denen man sich verirren konnte wie im Walde, und wenn man auch monatelang da lebte. In der kleinen Stadt wollten die Hausfrauen auch das kleinste Stückchen Brot, auch den schlechtesten Heller nicht umsonst hergeben. Jeder Kreuzer wollte hier redlich verdient sein, dafür gab es aber auch immer zu tun für jeden, der nur arbeiten wollte. In der großen Stadt warfen die gottlosen Menschen das Geschirr gleich weg, wenn es entzwei geschlagen war. Wovon sollten da die Rastelbinder leben? Hier aber wurde jeder Topf geflickt und wieder geflickt, solange noch daumengroße Stücke vorhanden waren.

Auch heute fand Franischko bald Arbeit. Aus einem der schönsten Häuser des Marktplatzes rief eine Köchin ihn an und brachte ihm einen schönen Schneeschläger aus Messingdraht, der wieder ganz gemacht werden sollte. Das war feine Arbeit und erforderte die ganze Aufmerksamkeit des Slowaken. Wohl fühlte Franischko eben jetzt mit nicht geringer Freude, daß es in seiner Tasche lebendig zu werden und zu krabbeln begann, aber im Bewußtsein seiner Pflicht bekümmerte er sich vorläufig nicht weiter um seinen Schützling.

Indessen hatte der junge Arbeiter aufmerksame Gesellschaft erhalten, seitdem er sich zur Arbeit neben dem Haustor auf den breiten Steinfliesen niedergelassen hatte. Ein Knabe und ein Mädchen, ein jedes kaum zehn Jahre alt, hatten neben dem Slowakenjungen Posto gefaßt, und er war ganz stolz darauf, daß die Kinder eine ganze Weile sprachlos seine Kunstfertigkeit anstaunten.

Endlich hatten sie sich satt gesehen. Der Knabe brach zuerst das Schweigen, indem er dem Mädchen den Vorschlag machte, den Mausiratzenfaller mit Sand zu bewerfen. Als das Mädchen diesen Antrag nicht annahm und ihrem Kameraden sogar zu schmollen schien, versuchte dieser durch allerhand Liebenswürdigkeiten und interessante Mitteilungen ihre Gunst wieder zu gewinnen. Bald begann er aus seinen unergründlichen Taschen die merkwürdigsten Dinge hervorzuziehen und sie zu ihrer Belehrung und ihrem Zeitvertreibe zu erklären. Jetzt einen prächtigen roten Apfel – dann eine Mundharmonika, auf welcher die beiden Kinder abwechselnd sehr schöne Stücke bliesen – dann holte der Knabe eine Handvoll Briefmarken hervor, deren Wert der Franischko nicht kannte – und noch ein ganzer Trödelkram, große Kupfermünzen, buntfarbige, schimmernde Kristalle, abgerissene Knöpfe, alte Aprikosenkerne und andere solche Raritäten kamen ans Licht. Als der Knabe keine Schätze mehr zu zeigen hatte, dankte ihm das Mädchen, indem sie bescheiden ein paar Stecknadeln und einen langen Zwirnsfaden, ihre ganze kleine Habe, dem reichen Freunde schenkte.

Der Knabe machte einige täppische Versuche, das Mädchen in die Hände zu stechen, dann aber hatte er offenbar plötzlich einen besseren Einfall. Er sprang rasch hinter den Slowakenbuben, kam wieder hervor und machte sich mit einem kleinen Gegenstande zu schaffen, den er in der Hand verborgen hielt. Franischko war schon wieder in seine Arbeit vertieft, als ihn der helle Ruf der beiden Kinder: »Maikäfer flieg!« den Kopf wenden ließ. Es war abscheulich, was er da erblickte. Eine Nadel hatten sie einem armen Maikäfer mitten durch den Leib gesteckt, den Faden an die Nadel geknüpft, und ließen das gequälte Tierchen so fliegen. Und wenn der Maikäfer weggeschwirrt war, so weit es ihm die Länge des Fadens gestattete, so zogen die schlechten Kinder unter Lachen und Schreien den Käfer wieder heran und das grausame Spiel begann von neuem.

Der Franischko zitterte vor Zorn, aber der Betteljunge durfte den vornehmen Herrenkindern nicht wehren.

Da kam ihm ein entsetzlicher Gedanke. Er griff in die Tasche – wahrhaftig sein Maikäfer war verschwunden, war gewiß unbemerkt ans Licht gekrochen und von dem häßlichen Knaben geraubt worden; es war sein Maikäfer, der jetzt so fürchterlich gemartert wurde. Siedend heiß lief es dem Franischko über den Rücken, er glaubte selber zu spüren, wie ihm sein Majster eine lange Nadel durch den Rücken trieb, daß sie vorne herauskam. Aber immer noch schwieg er. Da hörte er wie das Mädchen den Vorschlag machte und der Knabe sich anschickte, dem Käfer seine Flügel zu stutzen und zwei Beinchen auszureißen – da sprang der Franischko empor und wie ein Wütender schlug er mit dem schadhaften Schneeschläger auf die Kinder los. Das Mädchen entfloh, der Knabe aber bot kräftigen Widerstand, obgleich ihm die ersten Schläge schmerzhaft das Gesicht zerkratzt hatten und er sogar am Auge verletzt war.

Bald hätte Franischko seinen kleinen Gegner besiegt, aber schon eilten von allen Seiten ältere und jüngere Burschen herbei, welche gegen den frechen Slowakenjungen sofort gemeinsame Sache machten. Niemand fragte nach dem Grunde des Streites. Franischko hatte auch keine Zeit, zu berichten, daß man seinem Maikäfer habe die Beinchen ausreißen wollen, denn von allen Seiten regnete es Püffe und Schläge. Gegen die Übermacht half kein Wehren. Franischko war es vorher noch geglückt, den Maikäfer zu erhaschen, ihm die Nadel mit dem Faden aus dem Leibe zu ziehen und das arme Tier fliegen zu lassen. Dann ergab er sich in sein Schicksal und wußte, daß er zum Lohn für seine gute Tat in den Himmel kommen würde, wenn ihn die wilde Truppe der Stadtkinder jetzt auf der Stelle totschlüge.

Aber damit hatte es gute Wege. Plötzlich sanken die Arme seiner Peiniger nieder, der Kreis um ihn herum lichtete sich und ein Polizeimann stand neben Franischko. Nun wird's den bösen Knaben schlecht gehen, dachte der Slowake, als er hörte, wie der Beamte sich den Vorgang aufklären ließ und nach den vielen Fragen einen ziemlich wahrheitsgetreuen Bericht erhielt. Und in der Tat, der brave Mann schützte ihn gegen die ganze Schar. Franischko verzieh auch rasch die erhaltenen Schläge; es waren ja so junge Leute, vielleicht Freunde des bösen Knaben. Der liebe Gott ließ es gewiß nicht zu, daß der arme Franischko für eine gute Handlung ernsthaft zu Schaden käme.

Der Beamte hieß den Slowakenjungen mitgehen. Franischko hörte nun, daß er den Sohn des Bürgermeisters mißhandelt hätte. Ein Herr Bürgermeister mußte aber ein sehr kluger Mann sein, und da verstand es sich von selbst, daß Franischko jetzt vor den Bürgermeister geführt würde, der solches Herzeleid mit seinem ungeratenen Sohn erfuhr, und daß er dort öffentlich belobt würde, aber er war mehr beschämt als erfreut von dieser Ehre. Es mußten doch recht viele böse Menschen hierzulande wohnen, daß man von der Rettung eines Maikäfers so viel Aufhebens machte.

Indessen war die immer wachsende Truppe beim Rathause angekommen und Franischko mußte eintreten. Die Burschen aber, welche ihn geschlagen hatten, blieben wohl zur Strafe draußen. Sie machten ihrem Ärger in lauten Drohrufen Luft.

Nun begann ein herrliches Leben für den Slowaken. Der freundliche Beamte hatte wohl bemerkt, daß dem Knaben von den vielen Püffen der Rücken weh tat, wenigstens schob er ihn in ein hübsches geräumiges Kämmerlein und wies ihm eine Holzbank an der Wand, auf welche der Franischko sich hinlegen sollte.

Und damit die bösen Knaben ihn nicht bis hierher verfolgen konnten, schloß der Beamte fürsorglich hinter ihm ab. Wie sich's da faulenzen ließ auf der schönen Holzbank! Beim Majster im Keller, der auch nicht größer war als dieses Kämmerchen, waren sie zehn, ja manchmal bis zwanzig Personen zusammen und nur der Majster selbst besaß eine Holzbank zum Schlafen. Jetzt dünkte der Franischko sich auch Majster zu sein, als er die schmerzenden Glieder behaglich ausstreckte.

Anfangs machte sich Franischko einige Sorgen wegen der Nahrung. Aber richtig, der Beamte dachte an alles; mittags brachte er ihm ein großmächtiges Stück Brot und abends eine kräftige Erbsensuppe. Wer das so alle Tage haben könnte!

Franischko konnte lange nicht einschlafen, so ungewohnt war ihm das weiche Holzlager. Aber schließlich ist nichts leichter zu erlernen als die Bequemlichkeit, und Franischko schlief endlich gegen Morgen so fest ein, als läge er auf den gewohnten Ziegelsteinen, und erwachte erst, als man ihm gleich einem vornehmen Herren die Morgensuppe brachte.

An diesem Tage kam es auch zur öffentlichen Besprechung des Falles. Franischko wurde in ein schönes großes Zimmer gebracht, wo eine Menge vornehmer Herren auf ihn warteten. Er durfte auf einem lackierten Sessel Platz nehmen und sich da wie ein Großer anlehnen. Ihm gegenüber saß der böse Knabe mit verbundenem Gesicht. Da bedauerte ihn der Franischko und hoffte, daß man den vornehmen Knaben um seiner Wunden willen nicht weiter strafen würde.

Es sah ganz feierlich aus im Saale. Auf dem Mitteltische stand ein Kruzifix, daneben brennende Lichte – wie in der Kirche. Auch war alles mäuschenstill. Immer nur einer durfte reden. Ein alter Herr, wahrscheinlich der Herr Bürgermeister, denn er saß gerade vor dem Kruzifix, richtete an Franischko einige Fragen. Manches verstand Franischko nicht und wiederum verstanden die Herren nicht alle seine Antworten. Das war aber auch wohl nicht nötig, denn der Herr Bürgermeister sagte, es wäre schon gut und Franischko könnte sich wieder niedersetzen. Nun sprachen noch zwei Herren, beide so schön und beide so freundlich, daß Franischko innig bedauerte, die deutsche Sprache nicht besser zu reden. Der erste Herr schien noch sehr böse über den Tierquäler zu sein, denn Franischko entnahm aus seiner langen Rede einzelne wohlbekannte Worte: wie »Sünde«, »böse Knaben«, »zuchtloser Straßenjunge«, »Schläge«, »Strafe!« Wenn Franischko daran dachte, wie hart der Tatko die Tierquälerei bestraft hätte, so bangte er für seinen Gegner von gestern, dem ja alle diese Worte galten.

Den zweiten Redner verstand Franischko auch nicht ganz gut. Er hörte wohl die Worte, begriff aber nur selten den Zusammenhang. Es mußte viel vom Franischko die Rede sein, denn alle Anwesenden schauten ihn freundlich an. Der zweite Redner sagte unter anderem: »Nehmen Sie an, meine Herren, nicht ein hergelaufener Slowakenjunge, sondern ein reicher Bürgerssohn aus unserer Stadt hätte dem Sohne unseres verehrten Oberhauptes seine wohlverdienten Hiebe gegeben. Nehmen Sie an – obgleich ich selbst an die Möglichkeit nicht glaube – der Herr Kläger hätte die glatte Haut seines Sprößlings auch dann unter richterlichen Schutz gestellt, wie würden Sie dann urteilen? Ich bin gewiß, Sie hätten mit mir auf der einen Seite einen boshaften oder doch übel bedeuteten Jungen erblickt, der für seine Tierquälerei eine exemplarische Strafe verdiente. Auf der anderen Seite stand das unverfälschte Kindergemüt eines vielleicht zu lebhaften, aber im Grunde richtig empfindenden Knaben. Wo bleibt die Gleichheit vor dem Gesetze, wenn Sie den Rächer der beleidigten Moral, den Sie sonst belobt hätten, nur deshalb zur Strafe ziehen, weil er ein heimatloser Sklave inmitten unserer bürgerlichen Gesellschaft ist?«

Das klang alles so schön, daß der kleine Franischko gern noch stundenlang zugehört hätte, wenn er den guten Herrn auch nicht genau verstand. Aber gerade bei dieser Stelle brach der Bürgermeistersohn in ein so jämmerliches Geheul aus, daß dem Franischko seine Freude beinahe vollständig verdorben war.

Am Schlusse kam der zweite Redner aber auf ganz unverständliche Dinge. Der Knabe habe das Alter der Strafmündigkeit kaum erst erreicht und so. Das Bewußtsein der Handlungsweise und so. Ungefähr ähnlich mochte ein Pfarrer sprechen, wenn zwei Leute heirateten.

Nach längerem Hin-und Herreden erhob sich der Herr Bürgermeister und sprach eine kurze Rede, die er an Franischko richtete. Dieser hatte sich also in seinen Hoffnungen nicht getäuscht, er wurde für sein mutiges Einspringen belohnt; denn der freundliche Beamte trat darauf wieder auf ihn zu und sagte: »Na, jetzt kannst du eine Weile bei uns bleiben!« Das war dem Franischko schon recht. Aber so groß auch seine Freude über diese Einladung war, so vergaß er darüber doch nicht seine Pflicht. Unter unaufhörlichen Kratzfüßen ging er nach dem Tisch, auf welchem das Kruzifix stand und sagte: »Bitt' ich, gnädigstes Pane Burgemeister Franischko lustig hier bleiben, aber Pane Burgemeister, bitt' ich, nehmen zurück Schneeschlager, was gehert in Kuchel, wo heit nix wird kocht für böses Knab!«

Dann ließ sich Franischko abführen, um sich's gut sein zu lassen. Man bedeutete ihm, daß er nicht die ganze Zeit im Rathause bleiben werde, sondern auf ein Schloß hinausfahren müsse. Wirklich fuhr ein Leiterwagen vor und der glückselige Franischko durfte sich hinaufschwingen und sich auf einem weichen Strohlager neben einem stattlichen Polizeisoldaten ausstrecken. O je, und all die Ehre für einen Maikäfer! Wie mag man hier erst einen Mann belohnen, der ein Kind aus dem Wasser gezogen hat? Franischko nahm sich vor, bei nächster Gelegenheit, so klein er war, ins Wasser zu springen, wo jemand ertrinken wollte.

Nach einer herrlichen Fahrt von zwei Stunden langten die Reisenden vor einem großen, großen Gebäude mit zwei Türmen und vielen hundert Fenstern an. Franischko wurde von einem dicken, alten, gutmütigen Herrn begrüßt und bekam von ihm wieder ein schönes lichtes Kämmerchen angewiesen, in welchem ein Bett, ein Stuhl und sogar ein Tisch stand. Franischko hätte tanzen können vor Freude.

Die nächsten Wochen vergingen dem Franischko wie ein Traum. Er durfte ausruhen wie ein Bischof und bekam dennoch sein Essen so pünktlich und so reichlich, als ob er bis spät in die Nacht gearbeitet hätte. Und einen schönen ganzen Anzug bekam er, den er jeden Tag tragen durfte und in welchem er aussah wie andere Leute auch und nicht auf den ersten Blick als Slowake zu erkennen war. Und am Sonntag durfte er in die Kirche gehen mit allen anderen Bewohnern des Schlosses. Und weil er der Predigt nicht zu folgen vermochte, trotzdem der bleiche Pater auf der Kanzel sehr heftig schrie und mitunter sogar auf die Brüstung schlug, daß es klatschte, betete er von Zeit zu Zeit ein Vaterunser und dachte: Anders kann es der Prediger ja doch nicht meinen.

Noch ein Vergnügen gewährte das Schloß seinen Bewohnern. Nach dem Mittagessen wurde Franischko in den Hof hinuntergeführt, damit er da eine Stunde lang spazierenginge. Spazierengehen! Der Franischko lachte. Wenn die Mamka das wüßte, daß der Franischko spazierengeht. Die Mamka glaubt, daß nur Königinnen und Fürstinnen, wenn sie alt geworden sind und nicht mehr die Wirtschaft führen können, spazierengehen. Und jetzt geht Franischko auch spazieren.

Der Herr des Schlosses sorgt aber auch für alles. Damit Franischko die lange Weile nicht quäle, gibt man ihm einen ganzen Haufen alter Mausefallen in seine Kammer, und daran darf er in aller Langsamkeit herumflicken nach Herzenslust.

Der Franischko mußte an seine Eltern denken, und es ward ihm wehmütig zu Sinn. Wie mußte sich der brave Tatko quälen, wie mußte er ruhelos durch die weite Welt wandern und wie mußte daheim die gute Mamka schaffen ohne Rast und hatten es nicht so gut wie ihr vom Glück verwöhntes Söhnchen.

Eins tat dem Franischko leid. Wenn er des Mittags spazierenging in seinem schönen gestreiften Gewande, so begegnete er vielen seiner Hausgenossen und sah ihrer noch mehr im Nachbarhofe, wenn einmal das Tor dazwischen geöffnet wurde. Aber die meisten dieser seiner Kameraden mußten ein recht undankbares Gemüt haben, denn sie blickten böse und verdrossen einander an. Franischko machte ein um so vergnügteres Gesicht, um den Hausbeamten zu zeigen, daß er die erwiesene Wohltat zu schätzen wisse.

So vergingen Wochen, ohne daß das gute Leben im mindesten nachgelassen hätte. Franischko gewöhnte sich allmählich daran, seine Zukunft auf dieses Schloß zu gründen. Oder auch wollte er – wenn es nicht anders sein konnte – wieder auf die Wanderschaft gehen, nur einige Monate im Jahr müßten ihm gesichert bleiben in diesem schönen milden Schlosse.

Eben an dem Tage, an dem die vierte Woche zu Ende ging, ereignete sich etwas Seltsames. Vom Nachbarhofe erklang über die Mauer herüber die Weise eines slowakischen Liedes. Franischko glaubte erst zu träumen, als er aber näher herantrat, hörte er deutlich das Lied, das eine wohlbekannte Stimme summte:

> Goß es auch mit vollen Kannen,
> Durch den dicksten Kot
> Bin ich oft zu dir gegangen
> Mit dem Morgenrot.
> Doch aus deiner Bodenkammer
> Kam ein andrer 'raus, o Jammer!
> Und das ist mein Tod.

Oftmals hatte daheim die Baba gescholten, wenn der Onkel Juro das ungezogene Lied die Kinder lehren wollte, und wahrhaftig! – als das Tor jetzt aufging, konnte Franischko den Kopf des langen Juro im anderen Hofe erkennen. Doch schon wurde das Tor wieder geschlossen. Franischko aber schrie aus Leibeskräften: »Juro, Juraschek! Der Franischko ist auch da, komm herüber!« Der Beamte trat heran und verbot solchen Unfug. Umsonst suchte der Franischko ihm seine Freude begreiflich zu machen. Umsonst erhob er nochmals seine Stimme und rief nach dem Juro; der Beamte verbot ihm das weitere Spazierengehen und schloß ihn in seine Kammer ein.

War es denn etwas so Böses, daß der Franischko nach seinem Onkel gerufen hatte? Konnte der liebe Gott es zugeben, daß man ihn dafür so unerbittlich streng bestrafte? Am folgenden Morgen nämlich wurde Franischko vor den dicken gutmütigen Hausherrn geführt, er mußte seine schönen ganzen Kleider ablegen, seine alten Lumpen anziehen, erhielt sein Warenbündel und einige Kreuzer, dann wurde er vor das Schloßtor geführt und durfte nicht wieder zurückkehren. Franischko rief weinend, er werde es gewiß nicht wieder tun, man möchte ihn nur dalassen. Aber der Beamte sagte barsch, daß Franischko nicht länger als vier Wochen bleiben sollte.

Franischko warf sich ins Gras und schluchzte lange und bitterlich. So war es von der Vorsehung bestimmt, daß der arme Franischko in das Schloß des Wohllebens nicht zurückkehren konnte.

Wenige Wochen später war die Zeit gekommen, in welcher Franischko für eine längere Rast nach Hause kommen durfte. Drei lange Winter war er fort gewesen.

War das eine Freude! Nichts hatte sich verändert, nur die Mamka war arg älter geworden.

Franischko hatte viel zu erzählen, und nicht nur die Mamka, sondern auch seine ehemaligen Spielgenossen horchten aufmerksam auf die Berichte des kleinen Wandersmann. Nur bei *einer* Geschichte schüttelten sie alle ungläubig die Köpfe und nannten ihn einen Lügner, und die Baba schaute ihn so seltsam, gar so seltsam an; – das war, wenn Franischko von dem herrlichen Schlosse erzählte, in welchem er, der Franischko, einen ganzen Schlafsaal für sich allein gehabt habe und Essen und Trinken, soviel er wollte, und einen dicken, freundlichen Hausherrn und einen großen, großen Platz zum Spazierengehen. Als er einmal noch hinzufügte, daß er mit einem schönen großen Wagen in das Schloß abgeholt worden sei, da wollte es selbst die Mamka nicht glauben. Und Franischko mußte zum Beweise der Wahrheit erzählen, was er bisher aus Scham verschwiegen hatte. Er habe das fürstliche Schloß verscherzt, weil er zu laut nach dem Onkel Juro gerufen habe. Der lange Juro sei auch dagewesen und wenn der erst wiederkomme, werde es sich schon zeigen, ob der Franischko gelogen habe. Immer befremdeter wurden die Blicke der alten Baba, als sie vom langen Juro hörte, der auch im Schlosse gewesen.

Im Herbste, bevor noch Franischko wieder in die Welt hinauswanderte, erschien eines Tages, müde und krank, der lange Juro im Dorfe. Froh begrüßte ihn der Franischko und schleppte seinen Zeugen in das Haus der Baba. Die Baba teilte dem langen Juro mit, daß der Franischko ganz wunderlich aus der Welt zurückgekehrt sei; er trage ein märchenhaftes Bild von einem Schlosse des Glücks im Kopfe herum, von einem Aufenthalte der Seligen, wo man ernte ohne zu säen, wo man leben und satt werden dürfe, ohne unter der Arbeit zusammenzubrechen. Und der lange Juro solle auch dagewesen sein. Und die Baba nickte dem Juro traurig fragend zu.

Der lange Juro bestätigte dumpf alle Erzählungen des Kindes. Als aber der Franischko triumphierend zu seinen Spielgenossen geeilt war und der Onkel mit der Baba allein blieb, sagte er: »Ihr wißt, er hat gesessen. Aber sagt es ihm nicht.«